珠水润天山

南方日报社 —— 编

图书在版编目（CIP）数据

珠水润天山 / 南方日报社编 . -- 广州：南方日报出版社，2023.4
ISBN 978-7-5491-2686-6

Ⅰ . ①珠… Ⅱ . ①南… Ⅲ . ①报告文学－中国－当代 Ⅳ . ① I25

中国国家版本馆 CIP 数据核字（2023）第 058131 号

ZHUSHUI RUN TIANSHAN
珠水润天山

编　　者：	南方日报社
出版发行：	南方日报出版社
地　　址：	广州市广州大道中 289 号
出 版 人：	周山丹
出版统筹：	刘志一
责任编辑：	李　哲　严文玮
装帧设计：	邓晓童
责任技编：	王　兰
责任校对：	朱晓娟
经　　销：	全国新华书店
印　　刷：	广东信源文化科技有限公司
开　　本：	787mm×1092mm　1/16
印　　张：	14.75
字　　数：	236 千字
版　　次：	2023 年 4 月第 1 版
印　　次：	2023 年 4 月第 1 次印刷
定　　价：	68.00 元

投稿热线：（020）87360640　　读者热线：（020）87363865
发现印装质量问题，影响阅读，请与承印厂联系调换。

前言

粤新何曾是两乡

巍巍天山，莽莽昆仑。

新疆，是充满传奇的所在。

在这里，迎着2000多年前的漫天尘沙，张骞凿空，打开了跨越万里、绵延千年的丝绸之路；在这里，伴随唐玄奘一行的驼铃声声，欧洲、西亚、中亚、南亚和东亚等地各具特色的文化平等交流、互相碰撞；在这里，民族史诗《玛纳斯》以8部18卷、23.4万多行的鸿篇巨制，与《格萨尔》《江格尔》并称"中国少数民族三大英雄史诗"。

新疆，是民族团结的所在。

"各民族像石榴籽一样紧紧抱在一起"这句话，在天山南北，口耳相传，深入人心。

早在汉代，月氏人、乌孙人、羌人、匈奴人和汉人等多民族就共同生活在这里，历史烟尘中，不断有突厥人、吐蕃人、回纥人等新的民族成员迁入，加入新疆民族大家庭。

昆仑不言，但天地有情，山川可鉴：新疆自古以来就是多民族迁徙聚居生活的地方，也是多种文化交流交融的舞台。千百年的历史雄辩地证明，各民族共同团结进步、共同繁荣发展是中华民族的生命所在、力量所在、希望所在。

新疆，是事关大局的所在。

雄踞祖国西北，新疆以占陆地国土面积约六分之一的广袤疆域，在中国有着举足轻重的战略位置。

党的十八大以来，习近平总书记两次赴新疆视察调研，参加十二届全国人大五次会议新疆代表团审议，在两次中央新疆工作座谈会上发表重要讲话，要求"在新时代新征程上奋力建设团结和谐、繁荣富裕、文明进步、安居乐业、生态良好的美好新疆"。

一次次的举旗定向，为新疆发展领航。

"新疆工作的着眼点和着力点要放在社会稳定和长治久安上。""凡是符合人民群众愿望的事，就是我们党奋斗的目标。"2014年4月27日至30日，从军区部队到村民院落，从兵团机关到驻地宾馆，习近平总书记召开了10个座谈会、汇报会，广泛听取意见和建议，共商新疆改革发展稳定大计。

"我一直关心新疆的建设发展。"2022年7月12日至15日，习近平总书记再次来到新疆视察调研。汇报会上，习近平总书记强调"做好新疆工作事关大局，是全党全国的大事。全党都要站在战略和全局高度认识新疆工作的重要性，加大对口援疆工作力度"。

新疆的发展，不只是新疆的事，而是全国的事，是事关中华民族伟大复兴中国梦的大事。

民亦劳止，汔可小康。惠此中国，以绥四方。

2010年，新一轮对口援疆工作启动。涵盖经济、科技、教育、医疗、人才等全方位支援机制，为天山南北发展注入澎湃动力。

中央关心，国家部委倾力，19省市扛鼎。十多年的接力支援，帮助新疆超300万农村贫困人口告别贫困，2500多万新疆各族人民同步圆梦小康，为新疆经济社会发展添活力、增后劲。

"广东作为全国第一经济大省，作为改革开放的排头兵、先行地、实验区，作为19个对口援疆省市之一，做好新疆工作责无旁贷。"喀什地委副书记、广东省对口支援新疆工作前方指挥部（简称"广东省前指"）总指挥王再华说。近年来，广东省委、省政府聚焦民生援疆、产业援疆、智力援疆、文化润疆、民族"三交"等重点精准发力，推动新时代广东和新疆交流合作再上新水平，结出累累硕果。

珠江之水润昆仑，南岭之绿遍戈壁。粤新两地相隔千里，山海之远隔不断两地人民群众手足情深。

新疆男孩阿卜杜艾尼·马木提14岁时基本丧失视力，在中山大学中山眼科中心的悉心救治下，重见光明。

伽师县英买里乡兰干村村民艾尼·吐尔逊在广东援疆干部的帮助下，种了10亩新梅，新购小汽车，日子过得红红火火。

援疆教师组建起疏附三中爱乐合唱团，在广州举办的民办学校合唱节上，现场播放孩子们演唱《我和我的祖国》的视频，真挚的歌声惊艳全场。

这一幕幕、一桩桩、一件件，都铭记在粤新两地万千百姓的心坎上，镌刻在实现中华民族伟大复兴的伟大历史征程中。

2022年以来，在广东省前指的全力支持下，南方报业传媒集团骨干记者组成广东援疆采风团，在一年多的时间里，5次到新疆走访，深入乡镇、医院、学校、企业、果林、田野，亲眼看到、亲耳听到、亲笔记录了许许多多的动人援疆故事。现在，采风团将这些真实故事集纳成册，力图原汁原味展现两地人民携手共进、跨越山海的深情厚谊，让更多人了解真实、美丽、团结的新疆。

天山珠水心相连，粤新何曾是两乡。我们也将继续跟随广东援疆的脚步，用我们的笔记录新的民族团结故事，为铸牢中华民族共同体意识添砖加瓦，为新疆这片神奇土地上的新时代发展史诗增添光彩。

开篇

石榴花开 / 001

第一章 粤新携手惠民生

西域有了大湾区"菜篮子" / 012
油香传递梦想的力量 / 019
养好一头牛 "启程"致富路 / 024
沙漠建起农家乐 打造共同富裕新"阵地" / 029
"古丽娃娃"粉丝多 "绣"出致富新蓝图 / 033
"帕米尔雄鹰"翱翔 / 037
从10公里到189米 / 044
带不走的社工站 / 050

第二章　产业援疆激活力

疆果果：让世界爱上新疆瓜果 / 058

一双棉袜"织"出了亿元产值 / 066

新梅果飘香 / 071

让全国都尝到伽师的"甜" / 082

十年"百万锭"　打响新疆棉品牌 / 086

一座电厂的新生 / 091

让"高原之舟"变为"增收之宝" / 095

花儿依然这样红 / 099

贫瘠之地长出"致富果" / 104

戈壁滩的"光与热"之歌 / 109

第三章　智力援疆筑未来

特色课堂 / 116

"我要征战世界杯！" / 122

技师学院"三级跳" / 131

家门口的大学 / 137

不一样的"毕业礼" / 142

第四章　医疗援疆爱无疆

优质医疗送到家门口 / 150

健康绿洲 / 156

"一带一路"健康枢纽 / 161

千里外的感谢信 / 166

第五章　文化润疆沁人心

"同心圆" / 174

"光头强"和"喜羊羊"来了 / 182

到广东看海！新疆人在这里走向世界 / 187

舞出南疆新风尚 / 196

"我在喀什有亲人""我在广东有个家" / 204

援疆一线党旗飘 / 214

/ 开篇 /

石榴花开

盛夏时节，阳光透过茂盛的葡萄藤蔓洒落在院子里，石榴花开得正艳。一早起来，阿卜都克尤木·肉孜打理起了牛棚，妻子阿依谢姆古丽在院子里忙着浇花。"这些年，党的好政策就像甜蜜的葡萄，一串接一串。"阿卜都克尤木笑着说。

2014年4月，习近平总书记来到喀什地区疏附县阿亚格曼干村视察，走进村民阿卜都克尤木·肉孜家，同乡亲们共话党中央惠民政策的贯彻落实。

"凡是符合人民群众愿望的事，就是我们党奋斗的目标。"习近平总书记在阿卜都克尤木家说的这些话言犹在耳。

这一伟大的奋斗目标也深深烙印在了广东援疆干部们的脑海中。如何办好符合人民群众愿望的事？如何让喀什老百姓的日子越来越好？这是他们日思夜想的问题。

阿卜都克尤木一家生活的变化，让我们看到了答案——在援疆干部用心用情的帮助下，阿卜都克尤木一家养了牛，还开始尝试种植、销售鲜花，逐渐成了村里小有名气的致富带头人。

在喀什，越来越多老百姓的生活像他们一样，正变得更甜蜜。

"不到喀什，就不算到新疆。"喀什古城景区里，写着这样的一句话。在喀什，我们可以最直观地感受到整个南疆地区正发生着的日新月异的变化。这样的变化，有广东援疆干部们添上的浓墨重彩的一笔。

● 阿卜都克尤木·肉孜在查看他的养牛项目（受访者供图）

昔日贫困村蜕变为"明星村"

在暖阳的照射下，阿亚格曼干村的街道染成了金黄色。穿过一段红色文化长廊，就来到了村子的中心。

阿卜都克尤木的家就在附近。在一排外观新净的平房中，"阿卜都克尤木的家"的门匾格外显眼。看到有人来访，阿卜都克尤木夫妇俩热情地招呼我们进屋里坐。

从院子进门，左手边是厨房，右手边是客厅，穿过居住区域再往前走，是两口子搭建的花房和牛棚，一旁还停放着几台农机。一家人的收入，正是靠着勤劳的双手，在这"一亩三分地"上耕耘挣来的。

他们住房的面积不大，却打扫收拾得十分干净整洁。"这是电暖器，那是壁挂炉，都是新买的电器。我们新建的厨房、厕所，比以前干净卫生多了。"阿依谢姆古丽的普通话虽然说得还不是很流利，向我们介绍起家中的变化却十分热情。

"过去，我到村里的合作社学习扎扫帚，靠手工活挣点钱，收入只够维持日常开销。"阿依谢姆古丽说，"习近平总书记来到我们村里，听了他的话语，我们对努力过上好日子更有方向、更有信心！"

"最近几年，来自广东的援疆干部们常常到村里走访，还与我们结对，为我们提高收入、改善生活提供无微不至的帮助。"丈夫阿卜都克尤木接着说道,"他们不仅在村子里建起了安居富民房,帮我们建好花房、牛棚,等到鲜花可以上市时,援疆干部们还帮我们对接、联系好买家。"

在广东援疆干部的帮助下,夫妻二人凭借着勤劳肯干的双手,经营好养牛和鲜花种植两门生意,一家人的年收入翻了好几番。

不仅如此,阿卜都克尤木一家还和广东援疆干部结对成了"亲戚"。在广东"亲戚"的邀请下,他们第一次乘飞机到广州游玩,看了广州塔,品尝了粤菜。

阿卜都克尤木兴奋地带着我们参观他的家。客厅窗明几净,桌子上摆放着干果、糖果,旁边陈列着一些学习用书。夫妻俩大方地把旁边的一间房子腾了出来,打造为村里的感恩微课堂、党小组之家。

"在党的政策的关怀下,在广东援疆干部的帮助下,我们过上了好日子,就决定为村里作点贡献。我们把房子收拾干净,为老乡们和村里的党员提供相聚学习、交流的场所。"阿卜都克尤木说,"村里有了微课堂,一有好政策,

● 阿卜都克尤木的妻子阿依谢姆古丽在院子里浇花(黄叙浩 摄)

第一时间大家就能看得到、听得懂。过去我们这里是贫困村，现在大家搞养殖，搞苗木种植，人人有事干，大家有钱挣，日子越过越红火。"

屋外院子的墙上，贴着一家人的合照。照片中，阿卜都克尤木和阿依谢姆古丽捧着鲜花，咧嘴笑得灿烂。"我喜欢种花，我们的生活越来越美，就像鲜花绽放。"阿依谢姆古丽说。

2014年，习近平总书记对阿卜都克尤木说："我来看你们，就是要验证党的惠民政策有没有深入人心、是否发挥了作用。"

如今的阿亚格曼干村，家家户户用上了天然气，安装了电采暖，村里还建成了小商铺、垃圾处理站。昔日的贫困村，已经变成社会稳定、经济发展、民族团结、乡风文明的"明星村"，老百姓的日子也越过越红火。

放眼整个喀什，人民群众的生活水平已经得到全方位的改善。广东援疆干部与各民族同胞并肩而行，共同踏上奔向美好生活的康庄大道。

好日子讲再多次也不累

2014年4月，习近平总书记在新疆视察工作时指出，要坚定不移实现新疆跨越式发展，同时必须紧紧围绕改善民生、争取人心来推动经济发展。

发展是新疆长治久安的重要基础。在阿亚格曼干村，广东援疆干部因地制宜引进了一批产业，通过产业带动当地经济发展，为改善民生注入"活水"。

就在阿卜都克尤木家隔壁的"百年手工坊"里，两位老人正娴熟地用秸秆编织着笤帚。老人在手柄上用心编出了"平安""吉祥"等祝福语，还特意制作了小巧便携的尺寸，把日常使用的笤帚变成了精美的工艺品。

这座房子的主人玉素甫·阿卜拉是村里笤帚制作工艺的第二代传承人。年过八旬的他，见证了新中国成立以来村子翻天覆地的变化。

"在我小的时候，我们一家十口人就挤在破旧不堪的茅草屋里，屋顶甚至都是漏的，吃的东西也很少。"指着墙上老房子的照片，回忆起过去的日子，玉素甫·阿卜拉触景生情，有些哽咽，"党的好政策让我们过上了好日子，广东的援疆干部不远万里到新疆，全心全意帮助我们，我们的生活和过去大不相同了。"

不少游客到村里都会购买几把笤帚作为手信，玉素甫·阿卜拉便主动把笤帚制作手艺传授给周边的村民。他骄傲地说，全村有30多户贫困户依靠这门手艺实现脱贫。

"村子越来越美，来参观旅游的人越来越多，我们的笤帚也更好卖，别提有多高兴了。"玉素甫·阿卜拉说。

日子变好了，玉素甫·阿卜拉还保持着过去勤俭朴素的生活习惯，身上穿着的衣服洗得发旧。与之形成鲜明对比的是，他胸口佩戴的党员徽章擦拭得发亮。

老人家说，这是他每天出门都会戴上的徽章。"党给了我今天幸福的生活，无论多大年纪，我都要争取做一名共产党员，加入中国共产党是我一生的夙愿和梦想。"

2021年12月，玉素甫·阿卜拉面对鲜艳的党旗庄严宣誓，正式成为一名中国共产党预备党员。

如今，玉素甫·阿卜拉义务当起了村里的宣讲员，他常常给村民宣讲党的好政策，给游客讲村子和村民生活的改变。

"这样的好日子，讲再多次我也不觉得累。我要发挥余热，把我的亲身经历讲给更多人听，让更多人知道我们喀什正在发生的变化！"玉素甫·阿卜拉说。

阿亚格曼干村的花卉种植基地里，花开正艳。正如鲜花茁壮成长，在广东援疆干部的用心培育下，一些不起眼的工艺品，也能生发为带动村民脱贫的产业。

像玉素甫·阿卜拉这样的动人故事，写满了喀什的土地。

在疏附县萨依巴格乡，达吾提江·吾普尔曾经因为股骨头坏死落下残疾，需要挂着拐杖才能行动。广东援疆医生陈伯健等专家主动邀请他到喀什第一人民医院就诊，为他进行关节置换手术。

"手术之前担不担心？""我还有啥可担心的，广东的援疆干部、援疆医生帮我做好了方案，连我个人要承担多少费用都清清楚楚告诉了我。"手术后，达吾提江恢复得很好。他扔掉了拐杖，在村里开办养鸡专业合作社，养起了乌羽鸡，这两年还被评为致富带头人、科技创新先进个人。

中华优秀传统文化"遍地开花"凝聚人心

"像爱护自己的眼睛一样爱护民族团结，像珍视自己的生命一样珍视民族团结，像石榴籽那样紧紧抱在一起。"这是习近平总书记的殷切嘱托，也成了广东援疆干部们为之奋斗、久久为功的目标。

怎样才能让各民族像石榴籽一样紧紧地抱在一起？

多年来，广东援疆干部们以文化润疆为重要抓手，用中华文化润物细无声的力量凝聚人心。

2014年4月，在疏附县托克扎克镇中心小学，习近平总书记关心孩子们的双语教育，"少数民族孩子双语教育要抓好，学好汉语将来找工作会方便些，更重要的是能为促进民族团结多作贡献"。

在喀什的中小学校里，在援疆教师和本地教师的共同努力下，中华优秀传统文化在校园里"遍地开花"。

"过去我们想开展一些兴趣课堂，让孩子们更多地接触中华优秀传统文化，但本地的师资力量十分有限，工作难以推进。好在有广东援疆教师的到来，我们的师资力量雄厚了很多，各类兴趣课堂、活动也顺利地开展起来，备受孩子们喜爱。"托克扎克镇中心小学有关负责人介绍，学校以"书法、快板、舞狮"特色文化为主线，打造特色社团，建成了南疆首间书法教室。

此外，学校的老师们还把中华经典诵读纳入学生日常学习内容，推广大课间"经典诵读+音乐律动"模式。

"课间操再不是简单的伸展运动，而是充满了节律和动感的太极拳。孩子们一边运动，一边跟着音乐朗诵经典，也能寓教于乐。"上述负责人说道。

"90后"山东姑娘、疏附县乌帕尔镇党委副书记崔久秀刚到疏附县工作那年，习近平总书记到托克扎克镇中心小学视察。

这几年来，她见证了托克扎克镇中心小学的成长，也见证了疏附越来越好的发展。"广东援疆是推动疏附县各项事业发展的重要力量。比如我们乌帕尔镇正在建设的文旅小镇，就是广州援疆项目。"崔久秀说。

"听说要成立舞狮队，孩子们既兴奋又好奇，纷纷找我报名。"在喀什疏附一中，体育老师麦麦提艾力·吐拉克告诉我们，对他来说，舞狮也是件新鲜事。

"2018年,来自广东的教练对我们进行了为期15天的培训。那是我第一次练习舞狮。"麦麦提艾力说,为了尽快掌握舞狮的技巧,再传授给孩子们,他只能一遍遍练习舞狮动作。"遇到自己把握不好的,就录视频,发给广东的老师们,请他们指导。有时候回到家里都还在练习,把家人都逗乐了。"

要怎么向新疆的孩子们解释什么是舞狮?麦麦提艾力想了个办法:"我问他们,你们看过电影《黄飞鸿》吗?那里面就有舞狮。"孩子们虽没到过广东,但很多人都看过这部电影,一下子就理解了什么是舞狮,兴致也被带动了起来。

"报名的孩子很多,我就告诉他们,要先把学习成绩提上去,再来练习舞狮。"从此,对舞狮的兴趣也带动了疏附一中孩子们学习的热情。参加舞狮的孩子,往往学习成绩也提升得很快。

● 舞龙、舞狮等中华优秀传统文化在喀什的中小学里落地开花(黄叙浩 摄)

为了能够参加当地还有广东举办的舞狮比赛，孩子们不惧寒冬，晚自习下课后也坚持到操场练习。"比赛现场观众们的掌声，就是对我们最好的嘉奖。"麦麦提艾力充满感情地说。

最让他感动的是一名叫拜合提亚尔·色依提的学生。拜合提亚尔原来是疏附一中舞狮队的成员，高考考入新疆理工学院后，又把这份爱好带到了大学，组织了舞狮队，时不时还和麦麦提艾力交流舞狮技巧。

充满力量之美的舞狮，舞出了精气神，舞出了民族团结，也舞出了新疆各族人民共同奋力向前的新气象。

广东援疆结出的硕果，美了乡镇，富了乡亲，更暖了人心。能够满足受援地各民族同胞对美好生活向往的事，也正是广东援疆为之不懈奋斗的事。

在援疆干部的用心描绘下，一幅粤新同胞携手同行、共同奋进的美好画卷在山川之间铺展开来。

ZHUSHUI
RUN
TIANSHAN

第一章
粤新携手惠民生

"要深刻认识发展和稳定、发展和民生、发展和人心的紧密联系，推动发展成果惠及民生、凝聚人心。"2022年7月，习近平总书记在新疆视察时强调。

在新时代新征程上开展对口援疆，不仅是广东必须肩负起的重大政治责任，更是广东携手新疆聚焦社会稳定和长治久安总目标，推动发展成果惠及民生、凝聚人心的重要举措。

走进广东对口支援的新疆喀什地区三县一市和兵团第三师，我们发现，广东援疆十余年来的历程，也是受援地发展水平不断提升、民生"短板"逐步补齐的过程——

曾经住着"脏、乱、破"茅草棚屋的村民，如今都搬进了富民安居房；塔什库尔干塔吉克自治县（简称"塔县"）班迪尔乡等村庄的村民曾经出行受阻，如今深塔友谊大桥一桥飞架，连通了民生要道；边远地区同胞看病困难，援疆医生的到来和互联网医院的建设打破了地理阻隔，把广东的优势医疗资源带到了数千公里外的南疆；曾经因为师资匮乏，中小学校里各类兴趣班难以开展，如今一批批优秀的广东援疆教师组团支援，与渴望知识的新疆孩子们"双向奔赴"。

民生要提升，经济发展是根本支撑。

在疏附县的粤港澳大湾区"菜篮子"基地，大棚里不仅长出了"广东菜"，更带来了"家门口"的就业机会。

走进村庄，我们看到，在广东援疆干部的用心帮助下，一批批"土生土长"的致富带头人迅速成长、发光发热，回报这片热爱着的土地。

沙迪克江经营的感恩榨油厂蒸蒸日上，他想把这颗感恩的心传递出去，帮助更多乡亲过上好日子；"90后"阿布都热合曼江靠着养安格斯牛另辟蹊径，把疏附产的高品质雪花牛肉端上全国的餐桌是他的梦想；艾尼·吐孙开办的合作社越办越红火，业务越做越广，最近还办起了农家乐，给乡亲们带来了50多个"家门口"的就业岗位；排丽旦·吐地在"古丽娃娃"人偶制作中发现了大商机，带领身边的家庭主妇走进车间，绣出了美好生活的新蓝图。

广东援疆为南疆经济发展注入新动力，也为人民群众带来"心"能量——在塔县，在深圳市的支持下，深喀社工站长期致力于青少年心理卫生建设、独居老人心理关怀等工作，在社工站的帮助下，这座苦寒的高原小城多了丝丝温暖。

这样的故事，还有很多。广东援新干部用心付出，用脚步丈量大地，用汗水辛勤浇灌，换来了各民族同胞一张张灿烂的笑脸。

喀什地委副书记、广东省前指总指挥王再华介绍的一组民生数据勾勒出了粤新深情：广东援疆坚持将80%以上的资金和项目安排给受援地基层和民生领域，累计帮助32.8万人脱贫，建设富民安居房14.1万套，开办卫星工厂950间，解决4.8万人的就业问题，圆满实现所有对口支援县市（师）高质量脱贫摘帽。数据的背后，是受援地一个个家庭实现了对更美好生活的向往。

"民惟邦本，本固邦宁。"只有让发展成果切实惠及民生，才能真正做到凝聚人心。在奔赴共同富裕的大道上，珠水与天山的共振，必将谱写出伟大壮丽的篇章。

西域有了大湾区"菜篮子"

夏日的南疆,天黑得很晚。一直到晚上七时许,太阳逐渐下山,地面的温度也才慢慢回落。在喀什疏附县吾库萨克镇,我们见到古再丽努尔·阿布力孜时,她已经在蔬菜大棚里忙活了大半天。除草、除虫、浇水,每一块菜地都需要精心打理。到了傍晚,她又根据不同的蔬菜品种,配制好农药、肥料,骑着三轮车送到不同片区。绕"菜篮子"基地转上一圈,要花半个小时,古再丽努尔的额头已挂满汗珠。

这里是粤港澳大湾区"菜篮子"基地,基地栽种的各类蔬菜瓜果在广东乃至港澳地区的餐厅、酒楼卖得火热。

在古再丽努尔看来,这是一份好工作,不仅离家近、工资高,"很多'广东菜'是我过去几十年都没见过的,在这里工作之后,不仅认识了这些品种,还学会了要怎么打理。"驾驶三轮车行驶在蔬菜大棚旁笔直平整的道路上,古再丽努尔语气坚定地告诉我们,"我想多学一些技术,教会更多的人。"

如今,古再丽努尔已经是"菜篮子"基地里的一把好手。在当地,像古再丽努尔这样到"菜篮子"基地就业的村民并不少。靠着勤劳的双手,他们种出绿油油的蔬菜,掌握了现代化的农业技术,生活也因此发生了改变。在"菜篮子"基地"茁壮成长"的背后,也藏着一位香港青年跨越数千公里的援疆情怀。

黄土地"长出"了蔬菜大棚

一阵风刮过裸露的黄土地,卷起了风沙,让人睁不开眼。不过,在银灰色的塑料大棚的保护下,豆苗、芥蓝等蔬菜茁壮成长,并没有受到外界天气变化的影响。

● 倪伟成（右）在蔬菜大棚中观察豆苗的生长状况（金镝　摄）

看着地里的豆苗又进入了成熟采摘季，香港青年、新疆昇永农业科技有限公司总经理倪伟成面露喜色。这几年，"菜篮子"基地项目的发展速度，比他想象的要快很多。

作为广州昇永集团在"菜篮子"基地的现场负责人，倪伟成告诉我们，最近几年的春节，他简直忙得脚不沾地。他未曾想过，人生中第一个没有与家人团聚的春节，竟是在遥远的新疆疏附度过。

"每逢节假日，广州、香港、澳门的餐厅对叶菜的需求量很大，我们希望能够趁着这个档期多卖一些蔬菜过去，因此这也是我们最忙碌的时候。2022年春节期间，我们一共向粤港澳大湾区运送了15吨叶菜。"倪伟成说。

在新疆长时间光照和风沙的磨砺下，倪伟成皮肤黝黑，一点不像"城里人"。尽管成长在香港，又在香港念完大学，千里迢迢来到新疆、留在疏附，尽管从事的是从父母那辈人就开始经营的蔬菜种植、供应行业，但对倪伟成来说，南疆是一片可以大展拳脚的崭新天地。

事实上，对于疏附乃至喀什当地的人民群众来说，叶子菜本身就是新鲜事物。"我们平常吃土豆、包菜比较多，像芥蓝、豆苗这些南方的绿叶蔬菜，之前见都没见过，也不知道要怎么煮。"在吾库萨克镇，一位农民告诉我们。

当地的这种饮食结构和消费习惯，又反过来影响了当地的农业种植。

"疏附县是农业县，农业人口占了大多数。过去，这里的农民长期只种少数几种农作物，不仅经济价值不高，长期种植某一种作物，地力也会慢慢变得贫瘠。"广东援疆干部、疏附县商务和工业信息化局副局长韩彦铭说道，"我们希望通过引进现代化的蔬菜种植企业，推动当地农业产业转型升级。"

于是，在这样的机缘巧合之下，2021年，倪伟成作为广州昇永集团的企业代表，加入广州市增城区组织的农业考察团，第一次踏上新疆的土地。这家企业有丰富的蔬菜种植经验，同时还经营蔬菜的加工、配送业务，与粤港澳地区不少酒店、餐厅都有合作。如果能够把昇永集团引进来，不仅能够帮助疏附县延长、完善农业产业链，还能解决市场销路问题。

在农业考察团"大部队"离开后，倪伟成和几位同伴单独留了下来，重点考察了当地的土地、水源等条件。

他回忆起当时的场景："那时候天气还很冷，尽管一眼看去四处都很荒芜，但这块地还是长出了草，听说还能种植小麦。既然草能够长出来，小麦也能种植，蔬菜应该也能够在这里生长。当时我心里就有点底了。"

倪伟成介绍："我们在宁夏也有蔬菜种植基地，种植效益很不错。我们又查了疏附往年的气候记录，这边的气候条件与宁夏比较接近，也就是说，宁夏可以种的菜，这里应该也可以种。"

在这之后的5月，倪伟成又独自来了疏附一趟，在当地待了20多天。

发展农业尤其是种植业，"人"是个关键问题。"那一次来我考虑的问题又更细了一点。比如，我到村里摸底了劳动力数量，问了他们平常都做哪些工作，收入怎样。了解完之后，我信心更足，要招够人手，应该没有问题。"让倪伟成更惊讶的是，广东援建的蔬菜大棚建设进度像是按下了"快进键"，短短一个月内，已经完成了三四成。

2021年7月，倪伟成再次踏上了去疏附的路。这一次，他带上了行李。他已经下定决心，要在疏附干出一番成绩来。"可以说，我们是第一家'吃螃蟹'的企业。"倪伟成说。

新疆豆苗在香港成了"抢手货"

在广东援疆工作队的支持下,粤港澳大湾区"菜篮子"基地很快建设完毕,不久又通了水电。

一方面,针对倪伟成提出的入驻前期租金、产品运输费用较高的问题,广东援疆也争取了优惠政策支持。"在其他条件相似的情况下,从新疆疏附把蔬菜往外运,目前交通运输成本还比较高。有了这些优惠政策,我们前几年的产品成本可以降低到和其他地区相近的水平。"倪伟成说。

而另一方面,在克服距离远、运输难的问题的同时,新疆疏附的绿叶蔬菜要在市场上有立足之地,必须要靠品质取胜。对于这一点,广东援疆干部们和倪伟成都很有信心:"新疆昼夜温差大,水源干净,有助于培育出优质的农产品。"

万事开头难。在外人看来,自然条件满足,大棚快要盖好,也引进了有经验的运营企业,粤港澳大湾区"菜篮子"基地到此时应该可以步入正轨;但在倪伟成看来,这才刚刚踏出了第一步。

● 粤港澳大湾区"菜篮子"基地把来自广东的绿叶菜引进了喀什(受访者供图)

"2021年8月，我们开始了第一批试种。其实这时候我们压力更大，因为种子播下去就没有'回头路'了，就要往下干。"倪伟成说。好在蔬菜的生长比想象中要顺利得多。

第一批种子播下，过了一个星期，豆苗就已经开始发芽，到了当年9月中旬，就已经可以采摘了。豆苗从大棚里采摘下来，五天左右就能通过冷链物流运到珠三角或者港澳地区，送上消费者的餐桌。

在大棚里，倪伟成兴奋地说："新疆出产的叶菜甘甜、菜味浓，在大湾区很受欢迎。2021年的中秋节，我们送了两批几百公斤豆苗到香港，没想到一下子就被高档酒楼订光了，一公斤卖出了40多元的价格。"产自新疆的豆苗在香港刚一上市就如此抢手，这让倪伟成干下去的决心更加坚定。

在2021年第一次见到倪伟成时，他告诉我们，为了跟上市场需求，粤港澳大湾区"菜篮子"基地的规模还要继续扩大。

时隔一年，当我们再次来到"菜篮子"基地时，眼前的景象也再一次让我们感叹广东援疆培育项目的效率之高——一排排银灰色的蔬菜大棚就像是从地里"长出来"一般，光是蔬菜大棚的数量，就比前一年要多出至少一倍。周边还新开拓了种植火龙果、樱桃乃至特色中草药等经济作物的田地。

对于未来的发展，倪伟成充满了期待："将来粤新两地交流更加紧密，航线越织越密，来往的货运车辆更多，我们产品往外运输的速度还能加快，运输成本也能压到更低。"

蔬菜大棚带来"家门口"的就业机会

"这个芥蓝要怎么炒才好吃？下回我也带点回去做给孩子们尝尝。"得知我们是从广东过来，古再丽努尔向我们问起芥蓝菜的烹饪方法。"以前也试过带回家吃，不过因为以前很少见到，也没做过，做得没那么好吃。"她笑得有些腼腆。

绿叶菜在当地确实是种新鲜、陌生的食材。在吾库萨克镇，几乎每个人都知道，广东援疆在村里建起了"菜篮子"基地，不少人也因此把这里生产的豆苗、芥蓝等绿叶蔬菜称作"广东菜"。这些原本少见于当地家常菜谱的"广东菜"，正逐渐进入当地居民的生活，被更多的家庭所接受。

在来"菜篮子"基地上班之前，古再丽努尔在城里做过小学老师，后来为了照顾家人，她又放弃了学校的工作，到离家更近的种粮站工作。这也为她到"菜篮子"基地上班打下了基础。

"虽然略懂一些技术，但刚来的时候，我还有很多问题不懂。于是我就向企业请来的农业专家请教，他们都会很耐心地回复。慢慢地，这些蔬菜应该怎么种、怎么打理，我就都学会了。"从2021年8月起到现在，尽管在这里工作的时间还不太长，古再丽努尔已经从众多工人中脱颖而出。如今的她已经能够独当一面，在大棚里带着其他工人开展每天的工作。

"在这里上班，我可以一边挣钱，一边学技术，而且离家近，我能照顾家人，我已经很满足。"古再丽努尔还告诉我们她的另一个目标，"我们当地懂技术的同胞不多，我想多学一些技术，教会更多的人。"

事实上，随着"菜篮子"基地的名气越来越大，越来越多的村民听说到这里上班能学技术、挣到钱，都想到这里就业。在我们采访倪伟成时，他刚刚面试完一位前来求职的年轻女孩。

"你先多看、多学，尽快上手，你的学历不低，要争取成为像古再丽努尔那样的技术带头人。"农忙时分，"菜篮子"基地恰好缺人手，倪伟成让她第二天就来报到，女孩对谈好的薪资很满意。

"原先这里没人知道怎么种叶菜，我们就边栽边教——引导当地农民转变种植思路，统一种植、采收、分拣等流程的标准，引进更多优质农产品种类，派技术员指导培训，提高单位亩产值和农户的收入水平。"广州援疆工作队负责人表示，他们通过发挥示范基地"传帮带"作用，不断扩大高价值农作物种植面积，提高种植水平，引导受援地农业转型升级，推动疏附县农户在技术、思维以及收入上大幅提升，将援疆红利进一步向农民、向乡村倾斜，为当地乡村振兴建设、农业农村发展提供一个可复制的模式。

"菜篮子"基地给疏附老百姓带来的，还不仅有这些好处。基地通过集中流转，将周边几百户农户的土地集中起来供叶菜基地使用，农户从农民变成了领固定工资的农业工人。

目前，基地长期雇用的农民超过300人。随着基地建成达产，预计将帮助800多人就业，年总产值最终将超5000万元。

广州援疆干部、疏附县住房和城乡建设局副局长徐志谦介绍，这座集生产、加工、研发、销售于一体的万亩国家级现代农业产业园,不仅能够让受援地百姓实现就地就近就业创业,还能通过延伸农业产业链,促进吾库萨克镇一二三产业实现跨越式发展,有望为受援地探索出一条可复制的乡村振兴建设模板。

以粤港澳大湾区"菜篮子"基地为圆心,周边布局的华南特色农产品采摘基地、现代农业温室育苗基地、特色林果业种植基地、广东中草药种植示范基地、一级农产品批发市场、农副产品加工产业园和粮食饲草料种植基地均已颇具规模。

早晨的阳光透过塑料大棚,柔和地洒满地面,一茬茬新芽从旧的枝蔓上冒出。在疏附的黄土地里,一种崭新的绿色产业,正茁壮成长。

油香传递梦想的力量

握紧讲稿,深吸一口气,步伐坚定地走上演讲台,沙迪克江·塔什要把他创办榨油厂带动乡亲致富的计划讲给台下的评审专家们听。对于年过半百的他来说,这已经是第二次创业,这一次创业,沙迪克江要实现自己年轻时未能完成的梦想。

这是2020年广东援疆组织的喀什地区疏附县致富带头人遴选会的现场。尽管心里有些紧张,但好在沙迪克江是有备而来。评选会上,他稳扎稳打的实施方案,以及带着乡亲一起致富的真心打动了在场评委。最终,他成为当天选出的第一名致富带头人。

在喀什,除了粤港澳大湾区"菜篮子"这样直接由援疆工作队和援疆企业主导运营的产业项目,广东援疆还注重培养一批"土生土长"的致富带头人。

生于兹长于兹、有能力又有想法的乡贤能人,往往缺的只是一个机遇。只要能够得到一点助力,他们就能够迅速成为推动所在地乡村振兴、经济发展、民生改善的有生力量。

在布拉克苏乡5村,沙迪克江·塔什经营的感恩榨油厂蒸蒸日上。每当榨油厂里的流水线运转起来,空气中就会弥漫着浓郁的香气。在广东援疆资金的支持下,最近两年,沙迪克江经营的感恩榨油厂引进了更先进的流水线,还在周边村庄开设了第二个生产车间,每年销售额达到了数百万元。自我梦想实现以后,沙迪克江的想法很简单——把自己的感恩之心继续传递开去,帮助更多乡亲过上更好的生活。

棉纺织厂老员工的"再出发"

中午时分,温暖的阳光洒进院落,外墙刷成暖黄色的房屋显得更加温馨。

院子里，有人在平整地面，有人在打理葡萄架子，一家人忙着打理庭院。房梁上拉起了鲜艳横幅——他们准备邀请加入合作社的乡亲们，一起在这里办一场民族团结活动。

"沙总，最近榨油厂经营得怎么样？"广东援疆干部朱毅走进院子里，隔好远就和沙迪克江打招呼。

看到是熟悉的老朋友，沙迪克江连忙上前，拉着朱毅的手，两人一起在屋外的土炕上坐下。忙完上午的工作，朱毅利用中午的空闲时间，从他挂职的疏附县布拉克苏乡政府赶来，了解榨油厂项目的最新进展。

"新的生产线用上了吗？好用吗？"朱毅问。"好用得很，上次试榨了一批冷榨的红花籽油，品质很好，马上可以投入量产。你们介绍的两位师傅人很好，人在外地，还帮我们解决了不少技术方面的问题。"沙迪克江答道。

说到兴起时，沙迪克江拉着朱毅到生产车间，向他介绍了最近设计的商标图案。商标中，"感恩"二字格外引人注意。

● 沙迪克江和朱毅一起在屋外聊起了工厂的近况（黄叙浩　摄）

见我们好奇，沙迪克江把品牌名字灵感的来源娓娓道来。

在创办榨油厂前，沙迪克江在一家棉纺织厂工作，直到最近几年工厂停业，他才回到家乡。对年过五旬的他来说，经营榨油厂可以说是再一次"出发"。不过，这个想法在他心中萌芽已有数十年，可以说是最初的梦想。

沙迪克江是村里走出的第一批大学生之一。"上大学时，我读的就是食品专业，所以，当时我就一直希望能够在食品行业干点成绩出来。"沙迪克江告诉我们，一方面，食品行业是他的专业所长，而另一方面，则是旧时家乡人民贫困的生活场景，戳到了他的内心深处。

"十几年前，我开着车回乡，自己穿戴干净整洁，可是乡亲们却穿得破烂，生活水平和卫生条件也很差，这让我心里很不好受。"沙迪克江说。

那时，他便下定决心，要靠自己的努力带动乡亲们致富。从棉纺织厂离职后，实现梦想的时机终于来临。"当时家里人也支持我，说干就干！"他说道。

开张半年遇困境　　所幸遇上"及时雨"

沙迪克江是个"行动派"。

"有钱出钱，有力出力。"从最简单的合作模式起步，沙迪克江物色好厂房场地，便带着老乡在村里建起了车间，创办了合作社、榨油厂。

然而，在一个全新的行业创业，过程往往不会太顺利。对于沙迪克江来说，经营榨油厂是个陌生领域，由于缺少流动资金，生产工艺不够先进，产品知名度又不高，后续销售成了难题。榨油厂开工才半年，就陷入了困境。

"那时，广东的援疆干部常常会来村里走访。他们认为榨油厂基础不错，又听说了我们面临的经营难题，就推荐我参加2020年致富带头人的评选。"沙迪克江回忆。

面对这一难得的机会，这位坚毅的中年人没有犹豫。在那一年的评选会上，沙迪克江带着完善的创业计划，又讲起了他带乡亲一起致富的梦想，一番演讲深深打动了在场的专家评委。他做到了——以第一名的成绩选上了致富带头人，获得了广东援疆100万元的创业补贴。

对榨油厂来说，这笔帮扶资金无疑是一场及时雨。沙迪克江用资金改造、扩建了原有的厂房，还购买了精炼、脱蜡的设备，将产品的塑料桶包装改为玻璃瓶包装。

　　光有设备还不行，考虑到当地还没有人掌握榨油设备的使用方法，广州援疆工作队还请来专家帮助榨油厂改良技术，引进了更复杂也更先进的冷榨技艺。不多久，榨油厂的车间里又飘出了红花籽油的香气。

　　"这几位专家已经离开了新疆，但直到现在，我们在生产中遇到什么问题，只要联系他们，他们总会热心给我们解答，这让我们很感动。"沙迪克江说。

红花籽油香飘到了大湾区

　　短短数年里，感恩榨油厂的油香就飘到了大湾区！

　　广东援疆干部牵桥搭线，帮助沙迪克江与另一家援疆企业喀什疆果果农业科技有限公司签订了购销合同，由疆果果打通销售渠道，把优质的红花籽油等产品卖到全国各地。到2021年，感恩榨油厂年销售额已有400多万元，为村里提供了30多个工作岗位。

　　"我们自己一家人，需要用到的钱很有限；留够生活所需，多出来的钱，

● 感恩榨油厂的产品展示厅一角（黄叙浩　摄）

可以为村子、为乡亲多作一些贡献。厂里有好几位员工也准备买车了，最近正在考驾照，我打算先预付工资给他们买车，帮助他们实现梦想。"沙迪克江开心地说道。

"上次我到广州出差时，在援疆产品陈列展厅看到了我们的产品，很感动，也很有成就感。"沙迪克江说，"我是一名共产党员，这也让我用'感恩'二字时刻提醒自己、要求自己——创业成功了，就要感恩帮助过我的人，要帮助更多人实现梦想，让这份温暖和力量传递开去。"

常怀一颗感恩的心，榨出来的油更香醇。沙迪克江能够圆梦，努力和机遇，这二者缺一不可。在喀什地区，越来越多像沙迪克江一样的平凡人，凭借不懈努力，乘着广东援疆带来的"东风"，用好本地的特色资源，实现了创业致富的梦想，成为带领乡亲过上好日子、助力乡村振兴的坚实力量。

养好一头牛 "启程"致富路

牛圈里铺着松软的稻草，一头初生的小牛刚刚学会站立，依偎在体型健硕的母牛身旁。看到有生人靠近，小牛睁大了眼睛，仰起头好奇张望。

看着养殖场里的安格斯牛膘肥体壮，刚刚给牛添加完饲料的阿布都热合曼江笑得合不拢嘴："现在看来，当初养牛这条路子选对了。"

在喀什地区疏附县布拉克苏乡乌润巴斯提村，说起养牛专业户，大家都会想到启程养殖合作社的阿布都热合曼江。这位年轻人通过引进安格斯牛，把养牛场办得有声有色，更带动了周边数十户贫困家庭脱贫。这是除了感恩榨油厂外，在广东援疆致富带头人项目帮扶下迅速发展起来的又一个项目。

在广东援疆遴选出的致富带头人中，既有沙迪克江这样成熟老到的"二次创业者"，也有不少年轻人的身影。这些年轻人有创意、有干劲，不仅用好了当地的资源，更把不少新产品、新理念引进喀什地区，另辟蹊径把致富路越走越广阔。

阿布都热合曼江就是这样的一个例子：在塔县开挖掘机赚到人生中的"第一桶金"后，他放弃了买房、买铺位开店这样更安稳的选择，而是从又脏又累、很多人都不愿意做的养牛干起。

为什么一名"90后"会对养牛如此执着？在启程养殖合作社，阿布都热合曼江讲述起他的创业历程。

做第一批"吃螃蟹"的人

虽说是"90后"，阿布都热合曼江的人生经历却十分丰富，这让他看起来有着超乎年龄的成熟和稳重。

"你们过两天要去塔县？那说不定还会经过我参与修建的路呢！以前我就

● 在村里养起了安格斯牛的阿布都热合曼江（黄叙浩 摄）

在塔县那边修公路，待了十年。"刚一见面，听说我们接下来还要去塔县，阿布都热合曼江就热情地跟我们介绍起他过去的工作经历。

2010年时，阿布都热合曼江刚从高中毕业。那时候，塔县的建设提速，对建筑行业人力需求很大，阿布都热合曼江便考取了挖掘机操作证，到塔县一带参与公路修建。这一干，就是十年。

"那边条件很艰苦，但因为我有技术，加上最近几年国家加大了对边疆地区的投资开发力度，基建工程项目很多，所以收入还不错。"阿布都热合曼江说，"高原上，需要花钱的地方不多，平时住宿舍，饿了就简单吃点。可以说，只要勤劳节俭，赚多少就能攒下多少。"到2020年，阿布都热合曼江带着打工十年攒下的100万元，回到了家乡疏附县。

阿布都热合曼江回忆，那时候，在喀什城区买一套房也就三四十万元，剩下来的钱还能买个铺位、开个小店，如果当时这么选择，如今他应该是个商店老板，可以在当地过上比较富足的生活。不过，他却偏偏选择了一条更困难的道路——创业搞养殖。

"我从小在农村地区生活。那时候，村里谁家里要是有三头牛，条件就算很不错的了。后来我赚了钱，养牛创业的想法就这么自然而然在我脑海里出现了。我当时是这么想的,养牛的事要是做得好,说不定还能带动身边的乡亲一起挣钱。"阿布都热合曼江向我们解释起他决定创业的缘由,"当然也可能是我从小就经常独立生活,比较喜欢面对挑战吧!"

就这样,阿布都热合曼江便在村干部的带领下,跟着村里的老乡一起,到昌吉市选购肉牛。

在过去,疏附县以养殖西门塔尔牛为主,市场已经相对饱和。听说安格斯牛产肉量高、易饲养,在当地还没有人养过,阿布都热合曼江等人当即决定,要做第一批"吃螃蟹"的人。

挑牛的时候,阿布都热合曼江再次做了个不同于其他人的选择。"当时其他人都买的公牛,因为大部分人都打算买回来养大之后就卖掉,公牛的生长周期会更短一些。母牛每年都会繁育、生牛崽,更符合我发展养殖业的想法和要求,我就从昌吉买了35头安格斯母牛回来。"

"启程"就此启程——阿布都热合曼江和父亲、哥哥还有朋友合伙,开起了农业合作社,又承包了村里的场地,创办了启程养殖场。

养牛场"启程"迈上快车道

由于是初次创业,阿布都热合曼江还是缺乏经验。养殖场才开起来没多久,就遭遇了难题。

"我们的想法是留着繁育幼崽,所以第一次采购的全是母牛。但第一年还远没到屠宰、售卖的时候,养这么多牛,购买饲料就是一笔巨大的开支,又没有销售额进账,到了年底,我们项目资金已经周转不过来,一年来赚的钱,连支付场地租金都不够。"如今说来稀松平常,当时阿布都热合曼江却急得如同热锅上的蚂蚁。

在走访中,广东援疆干部从村干部口中听说了阿布都热合曼江的窘境。经过实地考察,他们纷纷认为项目的潜力还不错,便主动找到阿布都热合曼江,邀请他参加致富带头人的评选。

广东援疆干部朱毅说:"开始时他的确有点紧张。我们希望他能够做足准备再上场,就帮助他仔细修改演讲稿,陪着他一遍遍练习演讲。好在小伙子也很争气,他的项目最终在同一批的10个项目中脱颖而出。这也让我们感到很欣慰。"

在此之后，广东援疆资金便如一股"活水"，解了阿布都热合曼江的燃眉之急。

阿布都热合曼江先用一部分资金购买饲料，又买了几头牛，剩下的一部分资金被用来升级场地的设备，提升整个养殖场的管理水平。

让阿布都热合曼江喜出望外的是，很快，养殖场里迎来了鲜活的新生命。他原先购买的几头母牛正好也在这段时间开始产崽，启程养殖场终于得以顺利"启程"，提速驶上了快车道。

朱毅告诉我们，启程养殖场项目之所以能够赢得致富带头人项目评委的一票，不仅是因为阿布都热合曼江准备充分，也因为项目本身的创新价值和市场潜力较大。"在牛肉市场上，安格斯牛一直是主打高端路线的品种，肉价可以比当地原先养殖的西门塔尔品种高出将近一倍。"

实现了规模化养殖后，广东援疆干部又热心联系周边的餐厅和广东的销售

● 启程养牛场里的安格斯牛（黄叙浩 摄）

终端，帮助养殖场解决了销路问题。这不仅能够为养殖场带来可观的利润，也能吸引、带动周边的村民积极主动参与到养殖中来，通过就业"分一杯羹"。

广东援疆不仅投入了资金，还为阿布都热合曼江带来了兽医、教授等技术"外援"。

"最近，广东援疆干部帮我联系了华南农业大学的几位专家、教授，指导我们改进养殖技术，我才知道，原来安格斯牛可以生产、加工成雪花牛肉。如果顺利开发出这种高档次的产品，我们的产品利润还能更高。"

牛圈里，牛犊咀嚼着草料，一旁的母牛懒洋洋地用尾巴驱赶着苍蝇。推开大门走进牛棚里，阿布都热合曼江向我们介绍着每一头牛的情况。在外人看来，每一头牛都长得差不多，阿布都热合曼江却能清楚记得每头牛的特征："这是我们这里养得最大的一头牛，现在已经有一吨多重，马上就可以准备卖出去了。"他又得意地指向另一头牛，"那头母牛马上也要产崽了。"

最近，阿布都热合曼江还联系了直播团队，购买了直播设备，准备在网上开直播间卖货，借助互联网的力量，把产自新疆的优质安格斯牛肉端上全国消费者的餐桌。

乌润巴斯提村的村干部告诉我们，如今，启程养殖合作社每年能够给村子带来十几万元的集体收入，还帮助村里的80余户贫困家庭摘下了"贫困帽"，为周边的村民提供了就业岗位。随着养殖规模的扩大，这种带动作用还将更加明显。

"下一步你有什么打算？"阿布都热合曼江心中已有蓝图："我要把养牛厂规模继续扩大，养更多的牛，生产品质更好的肉，将它们继续销往全国各地！"

沙漠建起农家乐　打造共同富裕新"阵地"

离开疏附县，我们准备到新疆生产建设兵团第三师图木舒克市（简称"第三师图木舒克市"），拜访另外一位致富带头人。从牛羊养殖到经营作坊、民宿，从一人"单打独斗"到带领乡亲们共同致富，这位致富带头人的故事听起来很励志，也让我们感到好奇：在荒漠中，要如何把民宿、农家乐经营得有声有色，还能带动五十几位乡亲就业脱贫？

我们驾驶着车辆往前疾驰，国道旁不远处，叶尔羌河也湍急流淌。流经第三师图木舒克市永安坝时，叶尔羌河似乎故意放慢了脚步，在一望无际的塔克拉玛干沙漠边，滋养出一片水草丰茂的绿洲。

在绿洲深处，一间小屋里飘出悠扬乐曲，那是艾尼·吐孙经营的合作社，也是他和几十名老乡增收致富的"阵地"。合作社里，一千多头牛羊悠闲地吃着草，新改建的农家乐打扫得干干净净，随时准备接待远方的游客。

艾尼·吐孙近年来将养殖合作社的业态开拓得越来越丰富，艾尼·吐孙说，这背后，少不了广东援疆致富带头人项目提供的政策和资金支持。"如果没有这些支持，要把合作社业务经营得这么红火，我可想都不敢想。"

抢抓机遇　在"家门口"带动大伙儿就业

在经营养殖合作社以前，艾尼·吐孙是第三师图木舒克市四十四团二十连的一名散养户，最多时，家里养了五六头牛和三十多只羊。2010年，"羊市场"走俏，艾尼·吐孙萌发了趁着市场机遇扩大养殖规模的想法。

可是，光有想法还不行，缺钱、缺场地，成了艾尼·吐孙想法变成现实的"第一道坎"。好在后来他申请到政府创业资金并得到富民政策的扶持，才摆脱了起步艰难的窘境。2014年，艾尼·吐孙拿出全部积蓄，成立了开尔旺养殖

广东援疆致富带头人艾尼·吐孙（受访者供图）

专业合作社。更有利的机会出现在2020年——那一年，艾尼·吐孙顺利通过广东省前指驻第三师图木舒克市工作队的遴选，成为致富带头人的一员。

"遴选致富带头人的目的是扶持一个带动一批，希望通过扶持致富能人，带动更多的贫困群众增收致富。"牵头负责遴选致富带头人的广东省前指财务和资金审核处处长唐祝光说。致富带头人项目旨在充分发挥带头人在发展产业、建设美丽乡村等方面的示范引领作用，帮助致富带头人实现创业目标，并带动周边群众积极参与，更好地把优质资源转换为市场机会。

对于地处沙漠戈壁中的第三师图木舒克市群众来说，如果在家门口就能就业，他们将省下遥远通勤路途中的时间与精力；而对于语言不通的当地贫困群众而言，不出远门就能赚钱，更是实现脱贫致富梦想的良机。

艾尼·吐孙是土生土长的第三师图木舒克市人，能够在家门口带动大伙儿就业，也一直是他想做的事。从2014年起，艾尼·吐孙经营的合作社就已经吸纳了28名乡亲就业，其中8人所在的贫困户已于2019年脱贫"摘帽"。

但想要通过致富带头人的遴选却不容易，候选人本就优中选优，每个受援地还要分别召开遴选会。驻扎在当地的援疆干部知道艾尼·吐孙心地善良，做事踏实，也纷纷帮他"出招"，提供全流程优质服务。"我们将合作社的规模扩大，连队的贫困户也好，外来务工人员也好，我们都将他们带上一起做，让养殖业发展起来，大家一起致富！"艾尼·吐孙说。

如今，开尔旺养殖专业合作社圈舍总面积达6万平方米，养的牛羊足足有上千头，每年光是售卖牛羊的收入，就达到了数百万元。

"我在这里工作以后，用挣的钱给家里新买了冰箱、空调，生活条件是越来越好了。"脱贫户马木提·依明告诉我们，自己打算长期在这里干下去，以后还要争取入股，参与分红。

初尝"甜头"　开尔旺合作社准备"升级"

随着脱贫攻坚战取得全面胜利，尝到创业初步成功的甜头后，艾尼·吐孙和广东省前指驻第三师图木舒克市工作队都在盘算着"升级"开尔旺合作社，让合作社的发展更好助力当地乡村振兴。

"我想借助广东援疆资金和政策的扶持，把现有的养殖合作社做大，打造自己的品牌，发展当下热门的民宿和农家乐行业，实现"两条腿走路"赚钱，也能把我们周边的群众都带动起来，一起致富，不知道这样行不行？"趁着援疆干部上门交流，艾尼·吐孙赶忙提出了心中的疑问。

在当地，民宿是否有市场？民宿与农家乐的深度融合是否有前景？对于这个想法，广东省前指驻第三师图木舒克市工作队马上开展了实地考察。艾尼·吐孙此前已经开始尝试经营农家乐，生意不错。"当地人逢年过节爱办酒席宴会，我这里现养的牛羊，品质更好，离城区稍有距离，有利于控制成本。"艾尼·吐孙这样分析。

"经过实地考察，我们认为，依托第三师图木舒克市的秀美风光和爱国主义教育基地带来的客流量，再加上周边优质农家乐和民宿市场的空白，这个项目应该很有潜力。"广东省前指驻第三师图木舒克市工作队致富带头人项目负责人说。双方一拍即合，广东省前指驻第三师图木舒克市工作队计划投入资金90万元，重点支持其农家乐项目的升级改造。

如今，农家乐升级改造已经完成，占地面积26亩，顺利的话，全年收入可

● 改建一新的沙漠农家乐（受访者供图）

以达到50万元以上，而且能够解决周边至少50名群众的就业问题。周边村民告诉我们，这个农家乐的品牌在第三师图木舒克市市区都家喻户晓，不少城里人办婚礼，点名要来艾尼·吐孙的农家乐，又好又实惠。

"我们还将在广东省前指驻第三师图木舒克市工作队的支持下，设计农家乐整体观光线路，打造家禽、家畜饲养体验点，建设豆腐、凉皮等特色产品作坊，建造10个馕坑用以生产特色馕饼，将其品牌化并外销出疆。"艾尼·吐孙说。

致富带头人出"好点子"，广东援疆出资金、出政策、找市场、打品牌，这样的模式让更多人圆了成功梦、致富梦。广东省前指驻第三师图木舒克市致富带头人项目负责人欣喜地告诉我们，第三师图木舒克市2020年9月选出的首批6名致富带头人事业进展很顺利，目前6个项目已全部启动实施，累计能够带动近百名群众就业。

"古丽娃娃"粉丝多 "绣"出致富新蓝图

在伽师县祖美尔服装有限公司（下称"祖美尔公司"），公司负责人排丽旦·吐地和员工们在加班加点制作新一批"古丽娃娃"，订单完成后，它们很快将被运往疆外的市场。

排丽旦·吐地是伽师县的致富带头人。自2007年从中国农业大学本科毕业后，她就回到家乡，陆续经营餐饮店、刺绣工厂等，如今在伽师县有两家企业。

"我从小生活在农村，知道农村有很广阔的创业潜力和发展舞台。"排丽旦·吐地说。自2020年被广东省前指遴选为致富带头人，获得项目资金支持后，排丽旦·吐地改造服装工厂展厅，增加实体店铺，并开展线上网店运营，共带动超150人就业。

把工资发好成了"必修课"

近年来，排丽旦·吐地经营的服装厂年销售额在300万元左右，其中明星产品"古丽娃娃"的销售额就占了服装厂总收入的三分之一。"一个'古丽娃娃'的售价从40元到200元不等，我们一年的订单在2.5万个到3万个之间。"排丽旦·吐地说。

"古丽娃娃"的诞生，源于排丽旦·吐地的几次展会经历。为了给工厂打开销路，排丽旦·吐地和同事们把精美的刺绣做成裙子穿在玩偶身上，在上海等地的展会上，这些穿着民族服装的玩偶一经展出就高价售空，这让排丽旦·吐地有了批量生产的想法。

然而，"古丽娃娃"的制作比一般人偶玩具复杂，娃娃要穿上漂亮的艾德莱斯绸，裙子上要手工烫上一颗颗水钻，都需要更多人力。于是，排丽旦·吐

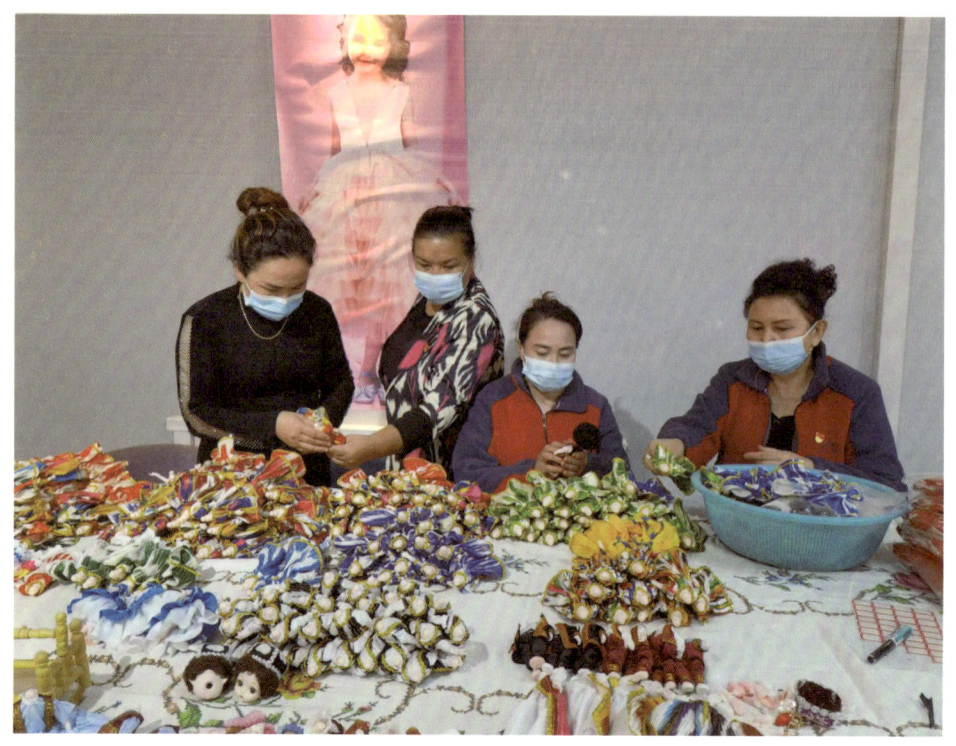

● 女工们正在制作"古丽娃娃"（受访者供图）

地找到了周边村镇的妇女们，动员她们来工厂，一同生产。

排丽旦·吐地回忆道，当地的妇女多为家庭主妇，一双巧手操持着全家，生产几个娃娃自然不在话下；厂里服装精致、针线活有趣，不少邻居也愿意在空闲时来试一试。

然而，当祖美尔公司的"古丽娃娃"打开市场，需要规模化生产时，一个问题摆在了排丽旦·吐地面前。

"我们请的女工多是全职主妇，没有工作的经验，不少人觉得自己是来帮忙的，怎样都不好意思拿工资。"排丽旦·吐地回忆道。把工资发好，成了祖美尔公司走向更大规模经营的"必修课"，也是企业带动周边群众稳定增收的"必修课"。

为此，排丽旦·吐地想了一个办法。每到重要节庆，她就打造一批金银首饰，作为谢礼送给女工们。漂亮的首饰送到厂里，大家开心地收下了第一笔酬劳；此后，排丽旦·吐地再把首饰换成其他物品和现金，使"多劳多得"成为一种习惯。如今，闲时到祖美尔公司做刺绣、做"古丽娃娃"挣钱，已成为周边村里妇女的日常。祖美尔公司的生产线也成了周边上百个家庭增收致富的好选择。

卫星工厂生产车间升级为标准展厅

祖美尔公司的发展不是一蹴而就。自2007年从中国农业大学毕业以来，排丽旦·吐地曾先后帮助母亲经营餐饮店，独自开手工刺绣馆。对于园林设计专业毕业的排丽旦·吐地来说，每次挑战都是"跨界"。尤其是刺绣馆初创之时，尽管排丽旦·吐地努力学习知识，利用工余时间设计刺绣样式，诸多困难仍在考验着她。

遭遇困难之时，"及时雨"降临。2013年以来，在广东援疆工作队和伽师县妇联等单位的支持下，排丽旦·吐地陆续获得了多个项目的资金支持。在大家共同努力下，最初的小刺绣坊已经发展成为一家集设计、生产、销售于一体的服装企业，还在伽师县夏阿瓦提镇的4个村分别设立了卫星工厂。

● 穿着精美民族服装的"古丽娃娃"（受访者供图）

在排丽旦·吐地看来，祖美尔公司的发展源于大家的共同努力，公司取得的成果也应由大家共享。近年来，祖美尔公司的服装、刺绣、"古丽娃娃"等生产线陆续吸纳了超过200名农村富余劳动力就业，在生产旺季，工人的收入甚至可以追上当地的公职人员。

2020年，广东省前指在喀什地区遴选少数民族致富带头人，排丽旦·吐地凭借着突出的带动作用顺利入选，并获得50万元的资金支持。

利用这笔资金，排丽旦·吐地将服装公司卫星工厂的生产车间改造为标准展厅，用于展示产品、进行网络直播及洽谈业务。同年，在广东援疆干部的支持下，排丽旦·吐地给"古丽娃娃"注册了商标。

"2021年以来，在广东援疆干部的鼓励下，我们开始尝试线上销售，培养了两名主播直播带货。"排丽旦·吐地说，这一年，公司线上销售了2万个"古丽娃娃"，同比增长了52%。此外，在援疆干部牵线搭桥下，排丽旦·吐地的另一家餐饮企业也陆续经营起农家乐、特色糕点生产加工等项目，带动更多乡亲一同致富。

培养致富带头人的目的在于把有理想、有目标、有基础、有能力的农村群众培育成为"幸福是奋斗出来"的榜样。截至目前，广东援疆工作队已成功培育超过50名致富带头人，带动周边超3000名农民群众向新型职业农民转变。

"帕米尔雄鹰"翱翔

从喀什市区出发，行驶将近5个小时，我们的车子还未抵达塔县县城。

在这几个小时的车程里，车窗外的景观除了山还是山。一路上，公路狭窄处只有双向两车道，道路两旁都是陡峭嶙峋的高山。直到一个拐弯处，白沙湖突然出现在眼前，纯白色的沙在阳光下闪耀着光，平静的湖水波光粼粼，绝美的景观引来了众人的惊叹，长途跋涉的疲倦才一扫而空。

这也是南疆地理的真实写照：虽有绝世美景，却常在险远之处。

"那里就是塔县了。"又过了一会，司机用手指着远方告诉我们。从高速公路远望此时十余公里外的塔县，这座小县城就像是戈壁滩中、雪山脚下的一片"孤独"绿洲。绿洲之外，只有星星点点的一些建筑，散落在荒漠之中。

脚步踏上塔县，几乎就已经来到了祖国的最西部。塔县总人口大约4万，其中超过八成是塔吉克族，这里是我国唯一的塔吉克民族自治县。高原、高寒、缺氧、交通不便，较为恶劣的自然环境和落后的硬件条件让这里发展滞后。

在党中央援疆战略引领下，从2010年起，深圳对口支援塔县。要带动一个民族、一个深度贫困县脱贫摘帽，谈何容易？但，广东援疆做的从来就不是容易的事。一批批援疆干部与当地的党员干部、各族群众一同奋斗、攻坚苦干，在这片西陲大地上用心、用情写下了"高原传奇"。2019年，塔县全县实现脱贫摘帽。

如今的塔县，老百姓的生活已经发生了翻天覆地的变化。仅2022年上半年，就有80个500万元以上的项目在这里落地，总投资近54亿元。

塔县县城中心，矗立着一座雄鹰展翅的雕像，气势十足。而在这片昔日的贫困之地上，广东援疆干部和塔吉克族同胞们携手前行，蓄势已久的"帕米尔雄鹰"正朝着共同富裕的目标振翅翱翔。

"缺氧不能缺精神，海拔高工作要求更高"

从塔县县城出发，想要去到最远的乡镇，顺利的话，也需要五六个小时车程。气候恶劣、地势险峻、交通不便，给塔县人民的生活造成了各种阻碍，而这也是制约当地经济发展的瓶颈。因此，对于广东援疆队伍来说，要带动塔县人民脱贫致富，全面改善民生是最关键的第一步。

生、老、病、死向来是头等大事。在塔县，就医难曾经是长期困扰当地群众的突出问题。塔县的医疗资源本就匮乏，再加上地处边陲地区，当地群众想要外出就医，更是一件难事。

"我们从村里去医院一趟，路上可能就要花上几个小时；到了县里的医院，仅仅依靠当地的医疗力量，还不一定能够解决一些疑难杂症。"一位当地干部对此深有体会。在过去，他认识的农牧民就有不少因为重病而陷入贫困。

为此，近年来，广东不断深化"组团式"医疗援疆，推动优质医疗资源下沉。来自广东的医生成批来到喀什、扎根塔县，成为当地医疗水平提升最有力的"外援"。

来自深圳的援疆医生彭艳一直坚守在一线。对于本就是新疆人的彭艳来说，这是她身体力行表达对家乡热爱的一种方式。

在塔县人民医院，彭艳既是医院院长，也是妇产科主任。"在援疆的医生中，像我这样既当院长，又是科室主任的少之又少。"彭艳这样介绍自己。

塔县专业医护人员特别紧缺，妇产科作为新生命萌芽的地方，对于医院和当地群众来说，地位独特，意义重大。这种无奈，更激发了彭艳的决心：她想用自己的专业知识，带动提升整个妇产科乃至整个医院的医疗水平，给当地老百姓的生活带来一些改变。更重要的，是为当地留下一支"带不走"的医疗人才队伍。

彭艳发现，塔县人民医院医护人员相对缺乏实战经验，也鲜有跨科室综合诊疗的经验。为了帮助他们弥补这方面的不足，彭艳想了个办法：平日里，通过模拟演练的方式，设置一些需要跨科室合作的场景，给医护团队出"难题"。一遍遍的演练、训练不仅提高了医护人员的技能水平，也锻炼了他们面对紧急情况时的心理素质和应对能力。

"在模拟演练和实际救治中，我学到了很多新的技能。能够和来自广东、深圳的援疆医生共事，是我们学习、提高自己水平的好机会。我也特别希望，有朝一日可以到广东交流学习，去深圳看看。"在医院妇产科，助产士阿布塔拜给木·木热肯汗说道。

2022年3月20日凌晨1时，已经下班休息的彭艳接到来自医院的电话，电话那头说，刚刚接收了一名孕足月、死胎孕妇，意识不清，值班医生难以处理。挂掉电话，彭艳不顾高原反应，从宿舍一路小跑至路边，叫车赶往急诊室，带领当地医护人员启动抢救。

"立即心肺复苏，麻醉插管，准备抢救！"患者情况危急，一刻也不能等，彭艳马上安排急救措施。能否以最快速度给病人做术前准备、备齐器械、实施麻醉、结束分娩，是此次"生死营救"的关键。"好在平常我们经常开展模拟演练，设置不同的场景，考验不同科室之间的协调配合能力。"彭艳回忆，当晚的手术很顺利，到凌晨3时10分，孕妇已经脱离了危险。

在塔县，广东援疆医生救死扶伤的"战场"，并不局限在医院里。

"阿姨，听说您和叔叔身体有点问题，家里还有小宝宝，我们来看望一下，看看需要哪方面的治疗和帮助。"在医院巡完病房后，顾不得当天的冰

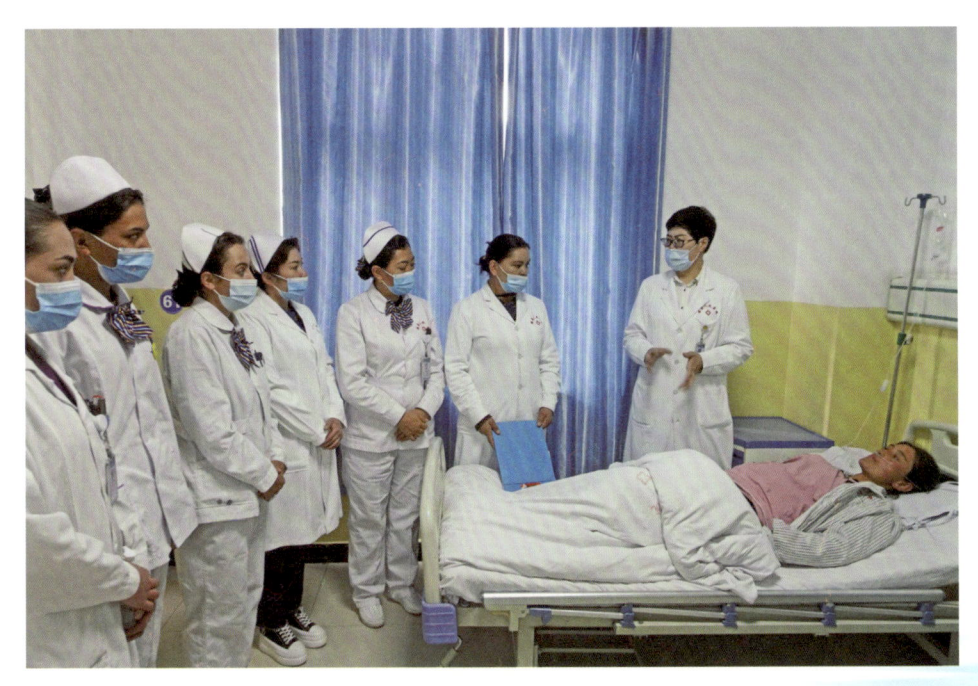

● 彭艳（右一）向当地的医护人员传授技巧（黄叙浩　摄）

雹天气，彭艳便带着几位援疆医生，驱车赶往提孜那甫乡栏杆村村民扎依胡尼·夏迪曼家中。

扎依胡尼是一名护边员，常常顾不上家里。"广东援疆医生一直惦记着我家人的健康问题。他们每个星期都来，每次来都会帮我的家人检查身体状况。"扎依胡尼对此很是感激。

彭艳一行给家里的老人、小孩细致地做了体检，现场诊断并开出药方，还针对家里的婴儿，特别叮嘱了护理的注意事项。

走出门外，天气已由阴雨冰雹转为晴天。临别时，扎依胡尼的老妈妈深情亲吻了彭艳的额头，又用塔吉克语向来自千里之外的医生们送去了祝福。

"缺氧不能缺精神、缺智慧，海拔高，工作要求更高。"彭艳的语气铿锵有力。对于援疆医生们来说，当地人民群众的身体健康便是最好的回报。

"帮扶一所学校，就是帮扶一个地区"

再穷不能穷教育，再苦不能苦孩子。年轻人是建设塔县的重要力量。除了改善当地医疗水平，为塔县青少年创造良好的教育环境也尤为重要，这是广东援疆队伍在塔县的又一项重要任务。

塔县教育和科学技术局党组书记陈磊说道，在2017年以前，塔县只有初中，没有高中，塔县的高中生都要到喀什地区第二中学、第六中学上学。事实上，塔县高海拔、缺氧的自然环境，也并不利于孩子们学习和生活。

深圳援疆干部钟启文负责塔县的教育援疆项目。他说，2017年以来，深圳累计投入资金1.6亿元，按照"深圳标准"来建设深塔中学，将学校打造成为一所涵盖初中、高中的寄宿制完全中学。深塔中学特意建在低海拔的喀什地区疏附县，这也是全新疆唯一一所异地办学的学校。

2017年9月，深塔中学正式建成。从那一年9月开始，深圳先后选派约50名教师到深塔中学支教，分别担任校长、副校长或教研组长，组织"青年教师成长营"，开展传帮带工作，提升教师教学技能。"深塔中学的教育质量和办学水平基本是靠深圳援疆老师一步步带起来的。"陈磊说，深塔中学这种异地办学的模式也得到了塔县家长的赞许。

在深塔中学，深圳援疆老师张怀礼是孩子们心中和蔼可亲的"张爸爸"。

2018年8月,张怀礼参加了教育部的援疆计划,被分配到深塔中学支援。当时深塔中学建成不久,师资紧缺,张怀礼在一年半期间,先后教授过生物、化学、数学、心理健康与生涯规划等6门课程,带过从初一到高二五个年级的孩子。他深受学生喜爱,被初中的孩子们称呼为"张爸爸"。张怀礼每次出现在教学楼的走廊,班里的孩子们总会涌过来,争着帮他拿教案、拿水杯。

2020年6月23日清晨,回到深圳的张怀礼接到一个来自喀什的电话。电话那头,传来了他教过的初二(6)班全体孩子们的声音:"张爸爸,祝您生日快乐!我们想您了!您什么时候来看我们啊?"然后,又相继传来7班、8班、9班孩子们的全体祝福。拿着电话,张怀礼流下幸福的眼泪。

"以前在高原地区,学校要招聘老师特别困难,更留不住人才。"深塔中学初中语文老师古丽班恰·克西说,"深圳大力支持深塔中学基础设施建设,助力提升师资水平等硬软实力。学校校区设在低海拔地区后,学生没有了高海拔缺氧影响,学习成绩越来越好,招到的老师也能留下来。"

排孜丽娅·塔依尔江是深塔中学的一名学生,她说:"我很喜欢从深圳来支教的老师们,他们眼界开阔,了解的知识很广泛,听他们讲课会有不一样的收获。"

"我带过学生到深圳开展夏令营活动。孩子们觉得外面的世界和塔县完全不一样,孩子们触动很大,这让他们有了学习目标,学习动力也更足了。"古丽班恰·克西说,深圳的支教老师与深塔中学的学生一直保持着紧密的互动,即使他们结束支教回到深圳后,还会与深塔中学的学生保持联系,不时给予他们引导帮助。

目前,深塔中学在校生已有近3000人,基本可满足全县的中学生源就读。2022年,学校的本科上线率达到了19%,位居喀什地区前列。

"帮扶一所学校,就是帮扶一个地区。"张怀礼眼神坚定地告诉我们,他对塔县孩子们的未来有信心。

"石头"上开出惊艳的花

在南疆戈壁滩的贫瘠土地中,把农作物种好并不容易。与之相似,要在塔县这样的边陲高原培育出成熟的产业,带动当地经济发展,一点也不比把地种好轻松。

然而,对于广东援疆来说,要带动塔县人民脱贫,引进、培育能够在当地可持续发展的产业,实现从"输血"到"造血"的转变,又恰恰是一条必经之路。

为此,他们走遍了塔县的一座座村庄,仔细考察、挖掘当地可利用的优势资源,因地制宜引进产业。在多年来的悉心培育下,这些产业正蓬勃成长。

班迪尔乡是深圳对口支援塔县的乡村振兴示范点,这里盛产的沙棘果耐寒耐瘠薄,植株可防风固沙,浆果维生素C含量极高,但口感奇酸,难以鲜食,当地也缺乏具备加工技术的企业。

在深圳援疆前方指挥部的牵引下,深圳卓越集团与新疆黑果枸杞生物科技有限公司达成合作,联合成立了塔县卓越愿臻生态农业科技有限公司,专门从事沙棘果和特色农产品的深加工。很快,当地的沙棘林种植就增加了将近5000亩。

● 长在地里的沙棘(受访者供图)

从此，沙棘果成了致富果，一片片沙棘林成了致富林。

"我家种有4亩大果沙棘，2021年开始陆续结果，2022年的果实饱满、产量高，有了加工企业，肯定可以越卖越好。"班迪尔乡波斯特班迪尔村村民赞加比力·多力肯说，最近几年种植大果沙棘，收益一年比一年好。

"乡村要振兴，产业是关键。"在班迪尔乡工作的深圳援疆干部谢志远说道。村民们尝到种植沙棘带来的甜头后，种植积极性有了很大提升，更多的村民参与了进来。

为了进一步完善产业链，深圳援疆还增加了资金投入，在当地新建了容量达300吨的冻库和高原特色产品体验馆，大力支持特色产业发展。

不仅如此，2021年11月，深圳援疆投资1500万元建成的深塔友谊大桥正式通车，成为班迪尔乡经济繁荣发展的重要交通要道。2022年12月，班迪尔乡附近的红其拉甫机场正式通航。

在塔县县城，彩云人家民俗村是不少游客的必选打卡地。过去，民俗村里的村民只能靠养殖牦牛养家糊口，费时费力不说，收益渠道也单一。如今，村民库尔班江·洒木沙克在接待客人时，总不忘自豪地介绍："红其拉甫机场已经通航，游客可以坐飞机直达塔县，深度体验原生态的高原风光。"旅客在深塔友谊大桥对面一下飞机，便可乘坐旅游观光车到乡里体验原生态的塔吉克民族风情。

"这里有一块神奇的石头，我们在这里回忆过去，期待美好的明天。"远处的雪山云雾缭绕，塔吉克族民歌非遗传承人热依木巴依站在田埂上，眺望着远方，放声唱起了他创作的民谣。64岁的老人在这里生活了大半辈子，生活中日新月异的变化，是他创作民歌的灵感来源。

塔什库尔干在维吾尔语中是"石头城"的意思。但在广东援疆干部的用心浇灌下，"石头"上也开出了令人惊艳的花。

鹏程万里关山越，瀚海戈壁见深情。塔县与广东相隔数千公里。两个曾经遥遥相望的地方，因为广东对口援疆工作的深入推进，紧密联系在一起。

从10公里到189米

在塔县,有一座以深圳和塔县两地地名共同命名的桥梁,那就是深塔友谊大桥。

顺着深塔友谊大桥延伸的方向眺望,远处的雪山从云雾缭绕中探出了头。耳边传来淙淙水声,脚下是塔什库尔干河在湍急流淌。

班迪尔乡村民夏迪拉克·哈力克巴依准备到县城里一趟,把刚刚收获的农产品卖出去。推车行走在大桥上,他心里感到无比踏实。

● 深塔友谊大桥(邵一弘 摄)

如今看来平坦笔直的一段路，在过去数十年里，却承载着周边居民的艰辛与不易。

在塔县，往外交通是班迪尔乡和周边乡村的村民曾经面临的一道难题。班迪尔乡与塔县县城、314国道直线距离很近，只有百余米。然而，由于塔什库尔干河的阻挡，村民想要到县城或者上国道，要绕行至少十几公里，多走两个多小时，因此有些村民甚至一年才到县城一趟。人和货物都很难出得去，极大制约了当地经济的发展。

让人欣喜的是，这道出行难题已经迎刃而解——2021年底，广东援疆建设的深塔友谊大桥正式通车，在塔什库尔干河上架起了通途。189米长的大桥一桥飞跨，步行通过仅需3分钟。

"以前没有桥，到县城卖点农产品，绕路要半天时间。现在大桥通了，到县城办什么事都很方便。真要感谢广东援疆，为我们办了一件实实在在的大好事！"夏迪拉克·哈力克巴依说道。

从绕道十几公里到189米，一座深塔友谊大桥，是塔县人民的"民生路"，更开启了一段"致富路"。

直线距离10公里　通行却要1小时

在位于祖国最西部的喀什地区，巍峨雄伟的雪山冰川横亘，如果缺少参照物，往往给人一种近在咫尺的错觉。然而，对于当地的居民来说，这样的地貌往往意味着天然的沟堑阻隔，目的地似乎近在眼前，要抵达却需要绕很长一段远路。

在塔县，班迪尔乡波斯特班迪尔村和周边好几个村落，可以说是离县城"最近又最远"的地方。

班迪尔乡全乡总面积2565平方公里，下辖4个行政村，有613户2210人，以塔吉克族为主，这里平均海拔4000米以上。班迪尔乡是深圳援疆对口支援塔县的乡村振兴示范点，高原沙棘、雪菊、玛咖、豌豆等是这里的特产。

"虽然我们跟县城直线距离只有10公里，但因为村口塔什库尔干河冬天冻结、春季泥泞、夏季易发生洪水，要去县城基本上只能绕路，天气好的时候，骑摩托车也要1个多小时。"夏迪拉克·哈力克巴依说。

在通往班迪尔乡的道路两旁，一株株沙棘在沙地里生长茂盛。这里盛产的沙棘果耐寒耐瘠薄，植株可防风固沙，浆果维生素C含量极高，但是口感奇酸，难以直接鲜食。最近几年，有企业发现了沙棘果的加工价值，但一直以来，交通不便导致运输成本过于高昂，销路一直难以打开。当地又缺乏加工技术，沙棘果成熟了，往往只能烂在地里。群众想要脱贫致富，也就更难了。

对此，广东援疆干部们一直看在眼里，急在心上。高原河流水况复杂，建桥难度、成本投入都很大。

"我们考察发现，修通桥梁不仅是群众的殷切期盼，也是当地发展产业的必经之路。"深圳援派塔县干部武民说。修桥决定作出后，紧锣密鼓的筹备工作随之开始。2021年6月，深塔大桥正式立项，总投资1500万元。

受高原海拔和气温的影响，塔什库尔干河上适合施工的时间只有夏季。然而，为了早日完成当地群众的心愿，将大桥修成，尽快通车，广东援疆干部和工人们已经顾不上恶劣的施工环境。

"11月的帕米尔高原，白天气温已降至4—5摄氏度，但为了早日将大桥修成，40多名工人冒着严寒，施工作业现场还是一派热火朝天，这种场面让我们也很感动，更加坚定了把这座大桥修通、修好的决心。"武民回忆。

最终，大桥用时约半年便建成通车。通车当天，大家都高兴坏了，载歌载舞，欢呼雀跃。

"大桥修好了，儿子再结婚"

深塔友谊大桥刚一建成，就给附近村庄人民群众的生活带来了立竿见影的改变。

深圳援派塔县干部谢志远还记得，就在2022年初，村民才依甫拉·曼苏尔汗心脏突发不适，需要送医救治。"我们从深塔友谊大桥走，仅用了一刻钟就把患者送到县城医院，老人顺利脱险。这要在过去，想都不敢想。"谢志远说。

班迪尔乡村民克孜丽克力·达西买买提是一名护边员。克孜丽克力·达西买买提告诉我们，以前去一趟县城，骑毛驴要走8个小时。"因为路途遥远，一年也只能去一趟。现在好了，坐上车听两首歌曲的工夫就到了，刚打的馕，拿到县城卖还是热乎的呢。"

● 克孜丽克力·达西买买提一家准备经营牧家乐（黄叙浩　摄）

说起大桥，克孜丽克力还告诉我们一个故事：儿子居马·亚力坤原本计划趁着国庆节结婚，当得知家门口要建一座大桥时，她便说服儿子，等到大桥建好了再结婚，那样迎亲车队通行也更方便。

"哥哥结婚那天，迎亲车队行驶在壮观的大桥上，大家可激动了，妈妈更是高兴得合不上嘴，老人的愿望实现了，哥哥办了一场体面的婚礼。"克孜丽克力的女儿苏力坦伯给木说，"还记得以前小的时候，要去一趟城里，特别不方便。外出读书回家，也要绕很远的路。现在有了这座大桥，我们女孩子想到县城里买衣服、买化妆品，也方便多了。"

"盼望了十年的大桥终于修通了，感谢深圳援疆干部，让我们几代人的梦想得以实现。"深塔友谊大桥通车的当晚，班迪尔乡干部再吐尼·巴依提路在微信朋友圈里写下了他的内心感受。

帕米尔高原上架起"致富桥"

在班迪尔乡，不少村干部、村民惊喜地发现，深塔友谊大桥的通车，带来的不仅是交通方面的便利。这座大桥已经成了当地老百姓创造幸福生活的"致富桥"。

乘车路过一片沙棘地时,塔县班迪尔乡波斯特班迪尔村第一书记赵耘告诉我们,大桥刚开工那年,当地政府依靠大桥规划兴建的利好,成功吸引了深圳卓越集团的注意,深塔两地企业联手成立了班迪尔乡集体经济参股合作的沙棘生产企业。

这家企业将过去用来防风固沙的沙棘林进行采果加工,当年就为集体创收近600万元。"目前班迪尔乡沙棘种植面积已增加到6000亩,年产值最高可达700万元。"赵耘说。

在班迪尔乡,一个占地近10亩的现代化加工生产基地已投入生产。沙棘果原浆投入市场后,深受消费者喜爱。深圳卓越集团的负责人肖兴萍告诉我们,他们采用"公司+合作社+农户"的模式进行分红。

"到2024年,村民年收入在现有1.7万元的基础上,应该还能再翻一番。"

● 深塔友谊大桥通车后,班迪尔乡的沙棘、雪菊等产品打通了销路,图为村民栽种雪菊(黄叙浩　摄)

此外，村民们采摘沙棘果也能获得收入，每年采摘季，平均每个家庭都能有3000—5000元的收入。

天堑变通途，班迪尔乡群众多年的心愿变成了现实。这座桥不仅是深塔人民的友谊桥，也是深圳带动边疆地区发展的振兴桥。今后，来高原旅游的旅客在桥对面下飞机后，便可乘村里的旅游观光车到乡里体验原生态的塔吉克民族风情，乡里的万亩沙棘林，数百亩雪菊、玛咖等特色农产品也摆脱了"就近卖不掉，路远运费高"的困境。

修桥梁、铺公路、通航线……就在深塔友谊大桥不远处，新疆塔什库尔干红其拉甫机场已经通航。深圳援疆工作队在塔县着力破解出行难、运费贵等发展瓶颈问题。交通状况的改善，为激活当地的旅游资源提供了有利条件，塔县的特色高原风光有望成为新的增收点。

"路通了，市场也就通了。帕米尔牦牛、塔什库尔干羊等塔县特色优质农产品，将可以直接对接东部沿海地区的消费市场。"深圳援疆干部刘珍充满了期待。

带不走的社工站

到2023年，董欢就在喀什援疆10年了，在19个对口援疆省市的队伍中，甚少有人比她的经历更丰富。

作为深圳市对口支援新疆（喀什）社会工作站（下称"深喀社工站"）的负责人，董欢从事的社会工作是诸多援疆工作中最需要耐心的。在她看来，社会工作援疆由深圳首创，"温度"正是其中最独特、最有分量的东西。

多年来，在深圳的全力帮助下，社会工作援疆在培养喀什本土社工人才、孵化公益组织、参与脱贫攻坚、助力就业稳工、促进民生改善、增进民族"三交"、促进民族团结方面进行了行之有效的探索，喀什市和塔县焕发出勃勃生机，深喀社工站正是重要抓手。

自2011年以来，深圳社会工作援疆以人才和资金为双重保障，累计引入66名援疆社工和深圳督导，投入援疆资金4949万元、深圳市福彩金1320万元，整合社会资金1855万元和价值1792多万元的社会爱心资源，累计开展民生项目137个，服务78万余人次。

坚持

自大学时起，社会工作专业的董欢就有一个支边援疆的梦想。2013年，深圳招聘援疆社工，专业对口的她毫不犹豫地投了简历，并顺利被录用。

在董欢的回忆里，初到喀什时，与贫困的斗争是当地无法回避的话题，社会工作也围绕着斩断"穷根"展开。"刚到喀什时，我感觉所有工作都有机会，但是都必须解决一个问题，那就是语言。"董欢说。

社会工作需要若干团队互相配合，而且南疆方言众多，让大家重新学习显然不现实。为顺利开展工作，深喀社工站自2011年就陆续招聘有社会工作背景

● 深喀社工站负责人董欢（左二）在社会服务工作中（受访者供图）

的本地大学生，或对此抱有热情的本地人参与到相关工作中。

一开始，工作进行得不算顺利，不少人觉得社会工作辛苦且不稳定，本地社工小曼就带有这样的想法。工作几年之后，小曼家庭遭遇变故，差点坚持不下去。

"但是，自己的工作给老乡们带去了切实的变化，农村出身的小曼看在眼里，不忍割舍；同事们也倾尽全力给予小曼支持，还帮助小曼到乌鲁木齐、成都等地深造，帮助她渡过了难关。"董欢说。

一个个本地人留了下来，一项项工作也相应地开展了下去。2011年开始，深喀社工站先后投入援疆资金、引入社会资金共计800多万元，实施"小母羊"生计发展项目和"驴宝贝"妇女生计发展项目，为1734户农户家庭提供了7794只母羊、151头母牛、52头母驴，发展养殖，增加收入。

在南疆，一个劳动力养活一家人的情况非常常见，一旦家里的"顶梁柱"倒下，一家人的生计马上就变得紧张起来。而"小母羊""驴宝贝"等项目在深圳社工的推动下，积极提供养殖技术培训，大大降低了返贫风险。

喀什市英吾斯坦乡的祖热古丽·吐拉克家就曾遭遇类似不幸，幸亏祖热古丽的丈夫参加了"小母羊"项目，靠着一圈羊、9亩地，祖热古丽独自抚育6个孩子长大成人。"我丈夫出事时，大女儿正在读大学，靠着'小母羊'项目，大女儿的学费、生活费都没有问题，学业可以继续下去。"祖热古丽说。

如今，随着全国脱贫攻坚战取得伟大胜利，喀什的百姓也过上了富裕的生活，"小母羊"等项目也开始注重"造血"功能，在董欢看来，"授人以鱼不如授人以渔"的原则自定下之后，直到今日都不曾转变。

小曼也没有再想着换工作，在深喀社工站工作至今，她与同事们一同成为喀什带不走的社工力量。

温度

从2013年到如今，董欢马上就要在喀什度过第10个年头。这段时间里，董欢见证了喀什经济的迅速发展。对于当地群众而言，"贫困"正与他们渐行渐远，但拥抱"幸福"似乎还需要一些"温度"。

比如，虽然搬进了新楼房，但社工们注意到张奶奶情绪一直很低落。在走访中，社工们了解到，原来，张奶奶身体不好，又一个人在家，平时特别孤单寂寞。有时张奶奶想找人说说话聊聊天，但周围都是维吾尔族邻居，她也不知道该如何去打开局面。

社工先是安慰张奶奶，并邀请张奶奶参加社工开展的"家有好邻"社区活动。活动中，社工们发现了同样独居的古丽阿姨，便安排两位一起参加活动，还会安排她们互动。渐渐地，张奶奶和古丽阿姨会在活动后有所交谈，还会相约一起回家，关系越来越亲密。活动外，古丽阿姨做饭会多做一碗给张奶奶送过去，张奶奶也会邀请古丽阿姨一起包饺子。

"现在和古丽成了好朋友、好邻居，有什么事她们都可以相互关照，不但家里人放心，自己也觉得生活有趣味了许多。"张奶奶说。

社工的关怀看似琐碎平常，但在董欢看来，社会工作者、社工组织掌握着成熟的"破冰"策略，可以应对棘手情况，让年长者不再孤独，也让青少年敞开心扉。对于在福利院长大的喀什女孩小茹来说，社工姐姐是她青春期唯一的依靠。

原来，小茹在成长过程中缺少亲人的关爱和引导，缺乏青春期相关的知识。随着年纪的增长，身体的变化让小茹手足无措。了解情况后，社工对小茹做了好几次辅导，先帮助小茹缓解焦虑情绪，给她大姐姐般的支持和鼓励，然后创造机会陪伴小茹参与社会活动，补充青春期生理卫生知识，观察不同的女性身体变化，帮助她掌握人际交往技巧，建立正确的、理性的认知观念。在此过程中，小茹越来越放松，越来越自信。

此后，社工发动小茹成为志愿者，招募更多有类似情况的女孩。社工针对这些女孩开展了系统性的青春期教育培训，帮助更多的女孩尽快适应青春期，促进她们身心健康发展。

"目前，深圳的社会工作援疆已经可以通过政府、村居、邻里个人等渠道，从宏观、中观、微观层面为群众送去关怀。实践表明，提前干预风险的形成比事后的救济更为有效。"董欢说。在她看来，就老人和孩子遭遇的问题而言，喀什与其他地区别无二致；但涉及家庭关系时，社工策略还可以继续迭代，把这份独一无二的温暖传递给更多人。

约定

"社工哥哥，我一定会继续努力，和朋友考同一个大学，继续做同学。"喀什特区高级中学学生阿卜杜外力·艾山把这个约定告诉了社工们。

阿卜杜外力说的朋友远在千里之外的深圳，是深圳光明高级中学的学生。他回忆起在第二批深喀青少年"手拉手"深圳夏令营的一周，一幕幕仿佛仍在眼前：从天山脚下来到南海之滨，大家同吃同住同学习，一节节课堂干货满满，一次次活动生动有趣……阿卜杜外力跟父母说得津津有味，老两口看到儿子见了世面、开了眼界，也由衷地开心。

对阿卜杜外力而言，走出新疆去外面看看一直是他的愿望。阿卜杜外力成绩优秀，通过夏令营选拔也不在话下。但在报名前，细心体贴的他却一直有一份担心。

"我很想去，但是我不想加大家里的经济压力。"他说。这时，深圳社工来到阿卜杜外力身边，告诉他夏令营活动所有的经费支出由深圳市对口支援新疆工作前方指挥部提供,学生家里不需要出钱。

除了让阿卜杜外力一家放宽心,社工们还开展动员大会,提供安全知识培训、文化知识小组等服务。在活动中,社工们发现阿卜杜外力比较腼腆、内向,就鼓励他表达自己的想法,提升其自信心。

在光明高级中学,阿卜杜外力认识了第一个深圳朋友。两人一起吃早餐、一起去班级上课、一起做作业、一起讨论难题、一起参与校园阳光课程,友情不断升温。在最后一天的告别仪式上,阿卜杜外力流下了泪水。

深圳之旅并未就此结束。2020年1月,为了了解赴深学生回来后的学习、生活情况,了解深喀两地学生之间的联系与探访情况,为2019年赴深学生的相互认识和交流体验提供平台,深喀社工站项目社工组织开展赴深学生重聚活动。喜欢帮助别人的阿卜杜外力听到后,自愿报名当志愿者协助活动的开展。他在活动中积极分享自己的经历、学习方法,鼓励学生好好学习,考一个好大学。活动结束后,他表示自己第一次当志愿者,觉得帮助别人能让自己觉得很满足,有被需要的感觉。他还告诉社工,以后有活动,要第一个参与。回到喀什后,阿卜杜外力每周都会跟深圳的朋友微信语音、视频联系,探讨学习方法,相互激励。

按照"政府主导,社会协同"的模式,在深喀两地政府的大力支持下,共959名喀什及塔县优秀学生代表赴深参加交流,1918名深喀两地学生及其家庭参加交流活动,彼此之间建立了深厚的友谊。项目通过结对参访、礼物互换、书信往来、文化展演、融情活动、家庭互动、游学体验等多种交流方式,滋养民族间的友谊,让两地青少年之间的情感持续升温。部分深圳学生在家长的带领下前往喀什,回访结对的喀什学生,实现了深喀两地青少年及其家庭的双向、多元互动,促进了民族间的交流、交往与交融。

ZHUSHUI
RUN
TIANSHAN

第二章
产业援疆激活力

"要加快经济高质量发展,培育壮大特色优势产业,增强吸纳就业能力。"2022年7月,习近平总书记在新疆视察时指出。

民族要振兴,新疆要发展,关键要靠产业。

在喀什地区,每到丰收季节,便会看到一辆辆货车满载着蔬菜瓜果驶向疆外。产自喀什的农产品进入了广东乃至粤港澳大湾区的广阔市场。

葡萄架上,果实丰硕;产业园区,机器轰鸣……喀什地区各地喜人的变化,构成了一幅幅幸福生活图景,这里是广东省对口援疆精心耕耘的沃野。

"排排坐,吃果果,你一个来我一个。伽师新梅,亚克西!"2022年7月28日晚,广州地标广州塔上不断循环播放这句广告语,让很多广州市民记住了"伽师新梅"这种特色水果。

一颗新梅,让广东、新疆两地实现了跨越万里的牵手。在广东援疆的大力帮扶下,一个百亿元规模的新梅产业正在伽师加快形成。

广东累计投入援疆资金2.2亿元,与伽师县打造以新梅为主的集交易、分拣、保鲜、冷藏、包装、物流、研发和培训为一体的全产业链园区——粤伽新梅产业园。引进企业落户,初步形成了一条以新梅为主打产品的产业链,提供季节性就业岗位5000余个。

伽师新梅热销的背后,是广东产业援疆在数字化消费扶贫领域新的探索——盘活受援地特色资源,加大产业投入和招商引资力度,加快产业转型升级,打造品牌,培育一批技能人才和致富带头人,为受援地可持续发展找到"源头活水"。

从事纺织服装、光伏发电、医药、农产品深加工等的广东企业纷纷落户喀什,形成联动发展、相互配套的产业发展新格局。

"我们充分利用新疆的资源禀赋和区位优势，通过'大招商、招大商'活动，推进'广东企业+新疆资源''广东市场+新疆产品''广东总部+新疆基地'模式，实现粤港澳大湾区资金、市场与新疆受援地的政策、资源无缝对接。"喀什地委副书记、广东省前指总指挥王再华说。

按照"引进一个龙头、带动一个产业、形成一个集群"的发展思路，围绕发挥新疆光热资源优势，在广东省前指协调推动下，广东能源集团、广东建工集团、深圳能源集团等广东能源企业在南疆地区投资建设2000万千瓦光伏项目，并以此为依托，抓紧与上下游产业对接，着力引进一批储能、制氢、锂电池，以及光伏支架、组件原材料加工、组件边框制造、组件封装等光伏产业链企业。

统计数据显示，"十三五"以来，广东（含深圳）累计投入产业援疆资金42.88亿元，支持喀什地区引进重大产业项目1183个，总投资额达2525.9亿元，预计新增就业岗位18.05万个。

山海情深，手足情长。广东援疆工作带来了人才、资金和崭新的发展理念，为喀什地区的发展注入新的活力，也为受援地建设了一支人才队伍。

2022年，喀什地区全年固定资产投资（不含农户）670.42亿元；外贸进出口总额493.1亿元，同比增长113.3%；招商引资落地项目958个（含续建项目233个），到位资金462.53亿元；登记在册市场主体达到34.06万户，同比增长9.7%；规模以上工业增加值50.18亿元；城乡居民人均可支配收入分别达到30 038元、12 130元，同比分别增长1.8%、7.8%。

疆果果：让世界爱上新疆瓜果

"让世界爱上新疆瓜果。"站在刻着企业发展愿景的石头前，看着不远处正在施工的工地，喀什疆果果农业科技有限公司（简称"疆果果公司"）创始人陈文君翻开新厂房的图纸，兴奋地展望着疆果果健康食品产业园未来的规划和布局。"这一栋是未来新的总部大楼，那一栋会是我们的健康食品科学研究院，到时候我们还会有员工食堂，大家上班会更方便！"

如今，在疏附，"疆果果"这三个字可以说是家喻户晓。就在马路的另一

● 建设中的疆果果健康食品产业园（黄叙浩　摄）

边，疆果果公司现有的生产车间里，工人们忙着把加工好的坚果产品装进包装袋中。在广东援疆工作队和陈文君等人的推动下，这道"流水线"延伸到了全国各地，新疆瓜果成了几千公里外粤港澳大湾区写字楼里白领们喜爱的零食。

自2015年创办以来，这家公司的发展就像驶上了"快车道"——销售额从第一年的40万元攀升至2022年的2.8亿元，这让最早一批加入企业的员工都感到不可思议。随着龙头企业崛起，当地的瓜果种植、加工产业布局也逐渐成形，这也让越来越多人了解并真正爱上新疆瓜果。而这一切故事的开端，竟是一句简单的话语……

有一股神奇的力量让他留在了新疆

驱车进入疏附县，如果只是看道路指示牌上"花城大道""广州大道"等路名，很容易让人误以为身在广州——广东援疆和广州援疆工作队多年来的建设，在这里留下了太多鲜明的印记。疆果果公司所在的喀什国际商贸城就坐落在疏附县吾库萨克镇花城大道上。

在兴建中的疆果果健康食品产业园，我们见到了企业的创始人陈文君。此次到访，园区建设已进入正式竣工前的关键冲刺阶段，顶着炎炎烈日，他头戴安全帽，手捧图纸，和施工负责人一起对项目的各处进度仔细勘查，不放过一处细节。

戴着眼镜，理着寸头，看起来斯文儒雅的陈文君，与人交谈却总是充满了热情，似乎有用不完的劲儿。创办疆果果，把新疆瓜果的品牌打响，对他来说，已经成了刻在骨子里的使命。

在新园区的项目指挥部里，陈文君回忆起了初到新疆的光景。那时的他还是一家建筑企业的员工，自2011年起便经常来往于喀什。"当时的新疆对我而言，仅仅是个美丽而又神秘的地方。那时的我，没想过长期待在这里，更没想过扎根。"用他自己的话来说，"冥冥之中似乎有一股神奇的力量，最终让我留在了新疆。"

自2015年起，陈文君参加了当时喀什地区最大的援疆项目广州新城的建设，那一整年都待在了喀什。"为了解决项目遇到的一些问题，我们跑遍了南疆，和500多位各族同胞结为朋友。在和他们接触的过程中，我们深深感受到了这片土地上人民的善良与淳朴。"

回想起这段经历，陈文君仍十分动情："每次我们到乡下发传单，村民们都会用瓜果热情招待我们；当我们迷路时，由于语言不同，人们会骑着电动车，把我们带到几公里甚至十几公里外的目的地。"

"然而，最让我感动的却不是这些事情。"话锋一转，陈文君的思绪回到了2015年的6月。

"那一天，我们从和田前往莎车。夜里12点多，在距离莎车100公里的地方，车子抛锚了。前不着村后不着店，除了茫茫的戈壁滩，便是无尽的黑暗。"

几人一筹莫展之时，有车灯从远处照来。他们赶紧打开手机手电筒，拦车求助。"车停后，下来了两位维吾尔阿达西（"阿达西"是维吾尔语，指"朋友"的意思），他们了解了情况后，二话不说便帮我们拖车，这一拖就是5个小时！"直到次日早上6时许，一行人才终于到达汽修厂。

让陈文君没想到的是，当他想要向两位维吾尔族同胞表达谢意时，对方坚决拒绝。"他们当时说了一句话，让我感慨万千。'朋友，我相信，在我们遇到困难的时候，你也一定会帮助我们的！'"

正是这段时间的经历，让陈文君有机会深刻认识到新疆"神秘面纱"下的其他侧面——这里盛产的瓜果品质极佳，但一般都是在当地"消化"，很少销往外地。当时，当地群众贫困的生活和淳朴的民风所形成的鲜明对比也刺痛了他。

2015年底，陈文君负责的项目告一段落。"按原计划，我们应该是'从哪里来回哪里去'，但我们几个伙伴却不约而同地留了下来。不为别的，只为做一件有意义、有价值、值得一生骄傲的事情——那就是帮助南疆的人民，把质优味美的瓜果卖出去！"这一年的11月，疆果果公司正式成立。

"帮助当地百姓把东西卖出去才是硬道理"

虽然缘起于对这片土地的热爱和对当地人民的感情，但选择新疆瓜果作为创业的切入点并非陈文君一时的"头脑发热"。

"经过前期的产地调研，我们发现新疆瓜果的年产量高达1600万吨，年产

第二章　产业援疆激活力　　061

● 2023年，新落成的疆果果健康食品产业园（受访者供图）

值更在1000亿元以上。如此巨大的规模和体量，完全可以也应该培育出一个年产值百亿元以上的企业。"他对此很有把握。

"第一次听到我们的销售额要在几年内达到过亿元的目标，我都觉得难以置信。"疆果果公司的销售经理帕尔哈提·阿卜拉江笑着说。虽然被公司的同事称为"小帕"，但其实他是最早入职疆果果的"元老"级员工之一，可以说是与企业共同成长。几年过去，曾经不敢想象的目标已成为现实，他也成了公司里的致富带头人。

在外地上大学时，帕尔哈提学习的是计算机专业。为了照顾家人，在毕业后，他选择回到家乡疏附工作，加入了刚成立不久的疆果果，成了一名销售。

"虽然我的普通话还不错，但要打电话向陌生人推销产品，一开始时，我还是有些胆怯的。"最初的一个月，帕尔哈提一个成交的单子都没有。不过，他并没有气馁，陈文君和其他同事们也不断为他加油打气。

"一次没有成功，我就多打几次。打一百个电话，总有人愿意了解我们的产品。不知道打了多少个电话，终于有广州的顾客愿意尝试我们的产品，这也是我成交的第一单。"当时艰难的反复尝试，如今在帕尔哈提的讲述中已是稀松平常。

有了第一次的成功，帕尔哈提将内向、害羞一扫而空，在电话里，他变得越来越自信，成交的单子、金额也越来越多。"广东的援疆干部们也帮我们联系、推荐了不少广东乃至粤港澳大湾区的客户，帮助我们对接、拓宽了销售渠道，这对我们扩大销售规模帮助很大。"帕尔哈提说。

如今，帕尔哈提带领的团队月均业绩达到数百万元，他的个人收入也比原来翻了好几番。"能够从事这样一份工作，既能把家乡的特产推广出去，又能让家人甚至成千上万的果农们过上富裕、幸福的生活，在我看来特别值得。"

让优质的瓜果、坚果走出新疆，带动更多新疆果农致富，这是陈文君等人坚持创业的初心，是广东援疆在当地推动瓜果产业发展的目标。然而，要把这一愿景变成现实，还要迈过现实存在的种种难关。

陈文君讲述了销售木亚格鲜杏的例子。2021年的夏天，疏附县木亚格鲜杏迎来大丰收。这本是件喜事，可是鲜杏的销售却让当地的果农和扶贫干部们犯了愁。这种娇嫩的果实采收期只有短短一个月，长途运输容易损坏、成本较高，怎样才能销往外地？

"在此之前，疆果果公司还没有经营鲜果的经验，但扶贫干部向我们讲述了村民的难处后，我们还是决定要帮一把。"陈文君介绍，为了解决运输的难题，疆果果公司和顺丰速运公司反复洽谈，开通了航空专线；随后又投入一百多万元在全国各地进行广告宣传。

"短短一个月里，我们就销售了超过十万箱木亚格鲜杏，也让'阳光木亚

● 木亚格杏的收购现场（受访者供图）

格，魅力疏附县'成为一张鲜明的名片。"他说，"这样的故事还有很多。能够帮助当地百姓把东西卖出去才是硬道理，因此我们在收购时，往往是能收尽收，尽可能多地帮助当地百姓。"

除了扶贫收购，疆果果公司还开展科学种植培训，改良升级当地果园，甚至让贫困户成为农副产品农民专业合作社的股东，让更多的果农受益。

成立商学院为产业可持续发展提供人才储备

疆果果公司的展示大厅，用新疆瓜果、坚果制成的产品琳琅满目。其中最让人想体验的，莫过于藤椒味巴旦木仁、咖喱味核桃仁等创新口味的产品。很多农户甚至都想不到，过去接触了大半辈子的家乡"土"特产，也能摇身一变，成为都市白领人手一包的新潮零食。

产品的创新和口味的研发，都离不开人才的支撑。"90后"姑娘古再丽努尔就是疆果果产品研发团队的一员。2020年5月，她放弃在深圳的工作，回到家乡喀什。

"叫我再丽就好了。"第一次见面，再丽就热情地向我们讲起她与广东密不可分的缘分——从高中阶段起，再丽就到广州市黄埔区玉岩中学的内地新疆高中班求学。因为对生物学科感兴趣，高考她便选报了深圳大学的生物技术专业，毕业后顺利留在了深圳一家大型生物科技企业工作。

"因为想要离家人更近一些，便开始了解家乡的工作机会。"再丽说，"因为从高中起我就在广东读书，很少回来，还不知道家乡已经有疆果果这样规模完善的企业，更没想到能够找到和我专业对口的工作。"

在上大学时，再丽就向广东的同学推荐过新疆的坚果，"但因为大家都比较怕上火，口味也比较单一，所以买的、吃的也不多。"再丽笑着告诉我们。因此，进入疆果果工作后，她希望靠自己努力，能够研发出更多人喜爱的口味，让新疆瓜果受到更多人欢迎。

"有时候我也会把我参与研发的产品带回家给家人品尝，我爸妈都很喜欢。他们也没想到坚果可以做出这么多的花样来。"再丽说。2021年9月，在广州援疆工作队的推动下，"新疆好瓜果·就选疆果果"号地铁专列开行。再丽在广东的同学看到了，便拍照发给她。"看到家乡的瓜果产品在全国各地的

● 疆果果是近年疏附县冉冉升起的电商"明星",为当地百姓提供了不少就业岗位(张迪 摄)

知名度越来越高,我也会感到自豪。"

疆果果为什么能够迅速获得成功?在陈文君看来,广东援疆发挥了前期为产业"输血"的重要作用。

"广东援疆给我们企业提供了优惠政策,广州援疆工作队在疏附当地引进的产业也很有前瞻性。比如,这里前期引进的劳动密集型的服装企业,快速地培育了大量的产业工人,可以为各类现代化产业发展提供人力。此外,在当地引进的其他农产品加工企业,对我们发展也很有利。因为只有发展成产业集群,才能产生规模效益。"陈文君说。

广东援疆有关负责人表示,援疆工作队在广东建立起千余家喀什特色农产品展销中心、直营店、门店等,能够为喀什的各类特色农产品充分打开广东的销售市场。

实现从"输血"向自主"造血"的跨越,是接下来当地产业发展的关键一步。

在新总部大楼的工地上,陈文君兴致勃勃地向我们介绍未来的发展规划。

"未来几年,我们除了重点打造健康食品科学研究院,还要成立疆果果商学院。"陈文君眼神坚定,"这不仅可以给公司内部培训人才,通过面向大学生或白领开展免费培训,更将为喀什地区培育更多的营销人才、电商人才,为喀什地区的产业可持续发展提供充足的人才储备。"

多年前的一场意外、一句话,成就了一段情定南疆的动人故事。在这片阳光普照、瓜果飘香的热土,瓜果种植加工产业布局正日益成熟完善。世界爱上了新疆瓜果,各民族同胞也正迈向富裕的新生活。

一双棉袜"织"出了亿元产值

暖黄色的夕阳透过窗户斜照进"教室",台下数十名"学生"睁大了眼睛、聚精会神地听讲。说是教室,其实这里是纺织工厂里的一间办公室,台上的"老师"——一位熟手员工举着一只棉袜,结合背后投影的教程,向数十位新员工详细讲解着袜子生产中的各个技术要点。

办公室外的车间里,一列列织袜机排列整齐,高速运转,机子上各色纱线不时转动,织造踝口、袜跟、袜身、袜尖,不一会儿,一根根棉线就变成了一双双棉袜。织袜机开足马力,工人们动作利索,每天有50万双棉袜从这里流向世界各地。

在机械设备的帮助下,从棉线到一双棉袜,大部分流程已经可以使用织机自动完成,只有几个关键步骤需要工人参与。这不仅让原先的纺织工人摇身一变成为懂技术的产业工人,也让这家纺织企业的产量达到了一个相当惊人的数字——这里每年生产的棉袜,几乎够全中国每人分到一双。

在第三师图木舒克市达坂山工业园,唐锦纺织有限公司(简称"唐锦公司")的厂房昂然挺立,蓝色的屋顶在一片土黄色的荒漠中十分鲜明。在工业园区之外,唐锦公司开设的卫星工厂、家庭工坊遍地开花,甚至覆盖到周边团场的乡村里,让当地老百姓找到了"家门口"的就业机会。一双棉袜"织"出了亿元产值的产业,也织就了各民族同胞更绚丽的生活图景。

戈壁小镇每年生产13多亿双棉袜

"一直到2020年上半年,达坂山工业园区都还是一片沙地,高低落差足足有15米,单单平整土地就需要两个多月。没想到,不到半年时间,厂房就已

● 唐锦纺织有限公司，工作人员正在开展培训课程（金镝 摄）

经修建好，我们马上可以开工、投产，足可见广东援疆干部的用心和效率。"唐锦公司负责人张文茂介绍，唐锦公司于2020年5月落户第三师图木舒克市，"2020年9月，我们租用场地创办了一个培训车间，招聘了约160名员工边培训边生产，当年就实现出口创汇460万美元。"

在随后的几年里，唐锦公司的发展就像按下了快进键，截至2022年5月底，唐锦公司已有6个生产车间、3000台袜机投产，到2022年底共有10个生产车间、5000台织袜机正式投产，可帮助4000人就业。"企业发展能有这么快，也离不开广东援疆的支持。"张文茂说，项目开工以来，已累计获得广东援疆资金3000万元。

从唐锦的落地与发展，可以看出广东援疆工作队在当地引进产业的特点。广东省前指副总指挥，第三师党委副书记、副师长曲洪淇说，在第三师图木舒克市，援疆工作队注重引进更高端的产业、企业，以此拉动当地的产业发展水平提升和经济发展，而更重要的是，这也给当地群众尤其是年轻人带来优质的就业机会。年轻人们在学到技术的同时，还能依靠自己的双手勤劳致富。

20岁出头的古丽哑尔，已经是唐锦公司的技术骨干，在生产车间里从事

● 唐锦纺织有限公司的车间内，员工们正在流水线上作业（金镝 摄）

质检工作。"我在图木舒克大唐职业技校学习服装专业，和同学一起到唐锦实习，并顺利留了下来。我喜欢这里的工作。环境干净整洁，还能把在学校学到的技术派上用场。"古丽哑尔说，"公司时不时还会举办技能大赛，比赛设置了各种不同的项目，我们在比赛中提高了技能水平，更好地了解了流水线上的机器。通过比赛，我们对自己的能力也更有信心了。"

古丽哑尔的爸爸在附近的镇上经营一家超市，家里还有两个弟弟、一个妹妹在读书，压力不小。她说："每个月发了工资，我能省下1500元寄回家里，帮助爸爸减轻压力。"

对于当地的不少年轻人来说，唐锦公司这样的大企业不仅提供了就业机会，还解决了一些生活上的难题。"公司给我们提供了四人间的员工宿舍，房子不仅宽敞明亮，各种生活设施还特别齐全。工作了一天，回到宿舍就像回到家一样。"挡车工茹先姑说。

在这座高山环绕的戈壁小镇中，唐锦公司不仅"生存"了下来，更"织"出了一片天地。

"项目达产后，我们每年可以生产13多亿双中高档棉袜，年产值约40亿元，出口创汇可达3亿美元，并将带动1万多人就业，届时将成为全国单体最大的织袜全产业链项目。"张文茂满怀信心地说，这里将打造为集全产业链于一体的智慧袜业园，搭乘"一带一路"建设的时代快车，唐锦公司的产品将通过对外口岸经陆路直接出口至中亚及欧洲各国。

卫星工厂让家庭妇女撑起"半边天"

父母在家庭工坊的机器前加工着棉袜，孩子就在一旁嬉耍。随着越来越多的家庭工坊在第三师图木舒克市落地，这样的场景越来越常见，足不出户、居家就业的模式越铺越广。

张文茂说，为了响应兵团、三师党委为团场职工增收致富的号召，唐锦公司前几年推出了卫星工厂新模式，打造企业与团场居民合作式办厂的新型创业就业形态，让团场、连队职工能够"足不出户，在家就业"。这种模式将织袜的部分工序放到团场、连队，让团场群众在"家门口"就能利用业余时间增收致富。

"没想到第一次开展家庭工坊培训，会有这么多人来听讲。大家都对这样的模式很感兴趣，想学多门技术，以后在家附近工作也能挣钱。"唐锦公司人事部员工帕提古拿出手机，打开相册，给我们看了她拍摄的照片。那是在2020年，企业首次开展家庭工坊培训时拍摄的。厂房里挤满了来自周边地区的居民，当时的场景，有点像工厂里新员工上岗前的培训课堂，但规模大了不少。"大家都在努力往前挤，凑近机器，想看得更清楚一些。"

帕提古介绍，家庭工坊一般由团场、连队提供场地，企业负责安装机器，大型的家庭工坊可安装二三十台机器，每台机器可以吸纳三名劳动力。

自2020年9月推出第一户以来，家庭工坊在当地如雨后春笋般冒出。"员工的操作熟练度越高，收入也就越高，平均下来，目前每户家庭工坊能实现年增收5万余元。"

在第三师图木舒克市，这一模式渐渐深入人心，在当地带动了不少妇女走出家门，走进工厂、工坊，成为家里的"顶梁柱"，靠勤劳的双手撑起了半边天。

在五十三团家庭工坊工作的依明古·赛曼说道，最初，家里人担心女人出来工作后照顾不了家庭，并不赞成，自己也是带着试一试的心态加入工坊。"后来，拿到了'真金白银'，我们的心才安定下来。像我身边的熟练工，算上达产达标的奖励，多的每月能拿到四千多元的工资。"

阿孜古丽·米吉提是三个孩子的母亲，如今，她在第三师图木舒克市五十一团的一间卫星工厂缝制袜子，每天工作8小时，缝制四五袋袜了，收入就有六七十块钱。"感谢国家的好政策，在这里上班很方便。现在每个月我能赚2000元左右，对收入很满意。"阿孜古丽·米吉提说。

"出了家门就到工坊，工坊离孩子学校也很近，每天我接送孩子上下学都很方便，工作之余还能照顾家里的老人。"热汗古·肉孜在这样的家庭工坊工作已经有两年多。2021年3月，她加入了唐锦公司开设的家庭工坊，一边照顾生病的丈夫，一边努力工作。后来丈夫去世，热汗古·肉孜肩上的担子更重了，但好在有家庭工坊的工作带来收入，靠着勤奋和努力，她努力撑起了自己的小家。

在加入家庭工坊后，热汗古的收入比过去翻了一番，而且因为技能娴熟，她每个月都能拿到奖金。"我要更加努力工作，把日子越过越好。"热汗古·肉孜语气坚定。

新梅果飘香

红润脆甜的新梅还在树上，就已经被预订一空。同样为之一空的，还有县城里宾馆旅社的房间。"一间多余的房都没有了，不好意思，您去旁边问问？"伽师宝宏精品酒店的经理带着歉意地说。

最近两年，每到夏天，新疆喀什伽师县宾馆的老板们都会经历这样"幸福的烦恼"。

伽师县地处39°16′N—40°00′N，全年日照时长达2923小时，全县新梅种植面积占全国的40%，产量占60%，是全国最大的新梅产销基地。每到新梅上市，全国各地近千家客商云集伽师，争相抢购。

"大小酒店都住满了全国的客商，2021年来了400多家，这两年更多了。我们的新梅卖到北上广深和很多二线城市，基本实现覆盖全国。"伽师县农业农村局党委副书记、林业局局长黎万泽兴奋地说，为了确保拿到好果，很多客商都提前"定园子"，将一片片果园的新梅销售整体承包下来，和村民合作致富。

这些只是佛山援疆工作队在伽师深入推进富民兴疆的缩影。近年来，广东援疆积极推动粤伽新梅产业园建设，围绕新梅育苗、标准化种植、分类采摘、加工销售、产品包装、冷链物流等环节引进了关联企业和科研机构，基本形成了一条以新梅为主打产品的产业链，新梅挂果面积从原来的3万亩增加到23万亩，带动全县6.1万种植户户均增收1.1万元，占人均可支配收入的50%。

比甜瓜还甜的新梅，跑起来！

刚洒过一阵细雨，伽师县的粤伽新梅产业园里，满载新梅的红色卡车排成长长两列，整装待发，排头卡车车厢两边贴着"伽师新梅，京东鲜到"。

车队旁边的七八个棚子里，一排桌子上，摆满了一堆堆刚采摘下来的新梅，红色果皮上蒙着一层"白霜"，咬一口，甜汁四溢。

2022年夏，每年一度的伽师新梅展销会评选大赛正在这里举行，从全国各地赶来的果农专家们将对新梅"优中选优"，逐一打分，决出雌雄。

"市场的收购标准是单果17克以上，一般来说个头越大，级别越高，还要看颜色和含糖量。今年伽师新梅的品相比往年都要好，单果重很多都在30克以上，甜度可以达到22%，要知道甜瓜的含糖量也就17%到18%哩。"北京农林科学院林果研究所原所长王玉柱乐呵呵地说。听他这么夸赞，周边的人都"取笑"他：看了一圈新梅，怎么就从大赛评委变为推销员了呢？

这可真不是专家偏心。王玉柱一边打分，一边讲解其中奥妙："在水果里面，新梅的含糖量本来就高，越甜越好吃。与我国其他产区相比，在新疆特殊的自然生态条件下，新梅的含糖量又比别处高得多，也只有这么优质的果品才能把企业都吸引过来。"

● 每年一度的伽师新梅展销会评选大赛，国内专家对新梅品质进行评比（罗一飞　摄）

据史料记载，伽师新梅已有2000多年的种植历史，伽师所在的新疆喀什地区是我国欧洲李种质资源的主要分布区之一，也是我国欧洲李果品的集中产区之一。据传，在唐代有这样一个神奇的故事：在当时作为安西四镇之一的喀什，王子拟与一位美少女成亲。就在操办婚事之际，准新娘长了满脸青春痘，使她十分懊恼，羞于同王子见面。王子得知情况后，请一位名医诊治。医师嘱咐准新娘每日吃6粒卡尔玉鲁克（即酸梅），几天后准新娘美貌恢复了。王子为卡尔玉鲁克的神奇疗效惊叹，命令所有农户种植卡尔玉鲁克果树。从此，这一神奇果实在喀什绿洲繁衍盛行。

1996年起，喀什地区开展新梅的引种栽培试验。但果香也怕路途远，由于距离主要消费市场较远，长期运输不仅增加了成本，而且降低了品质，新梅往往卖不出好价钱。

2016年开始，广东援疆工作队就关注、帮扶伽师新梅产业发展，从品质提升、扩大销售市场到延长产业链，累计投入援疆资金超21 695.2万元，扶持伽师新梅产业壮大发展，为这个位于塔克拉玛干沙漠边缘的县城带来新的致富希望。

盛夏时节，位于粤伽新梅产业园的京东产地智能供应链中心内机器轰鸣，这是新疆最大的集果品采购、冷藏、加工、分选、包装、物流于一体的产地智能供应链中心，宽敞的中心内12条生产流水线整齐排开。

订单下达后，果品从冷链仓运出，按需被送到自动分选设备上，每颗果子都要经过清洗、烘干、红外摄像，以秒级的速度自动区分重量、大小、外观瑕疵和内伤，随后被送到相应标准的输出框内，进行人工检验、自动化包装。

29岁的许乐是四川人，2016年她辞去国企工作，独自来到伽师创业，成为当地最早从事鲜果产业开发的电商，目前她的团队已有70多人，其中少数民族员工占了一半以上。

"伽师县的水果种类丰富，品质高，但在过去，想让这么好的果品顺利出疆，并不容易，物流是关键难题。"许乐说，"现在产地智能仓的投用加上京东智能供应链的系统整合能力，不仅有效解决了物流难题，大幅降低了物流成本，也提高了果品的标准化和精细度，缩短了采销时长，提高了客户满意度，让伽师鲜果等农特产品更有竞争力。"

在广东援疆的牵线下，更多物流和加工企业闻讯而来，原来三五天才能寄到的新梅，如今最快48小时内就能送达全国。

物流快了，伽师新梅的品牌在粤港澳大湾区也更加响亮。

2022年7月28日19时30分，随着夜幕缓缓降临，"排排坐，吃果果，你一个来我一个。伽帅新梅，业克西！"字样在广州塔上滚动出现，伴随着文字出现的，还有两颗令人垂涎欲滴的新梅。这是在广东援疆支持下，宣传推介伽师新梅的新动作，广告词化用经典粤语儿歌《排排坐吃果果》，将伽师新梅与维吾尔语"非常好"的音译"亚克西"无缝融入。

佛山援疆还将石湾陶瓷、醒狮等佛山元素与伽师新梅融合，协调力量设计了包括《新梅迎宾》《伽师新梅》《甜美新疆》在内的伽师特色文化IP矩阵，联手佛山网易，以伽师新梅、伽师瓜为原型创作拟人化动漫IP形象"美梅（伽师新梅）"和"瓜墩墩（伽师瓜）"，在"佛山发布"视频号发布。

新梅销得旺，百姓笑得欢。在伽师县英买里乡拉依力克村宁静的果园里，53岁的村民阿布都热西提·阿布都克热木看着成熟的鲜果喜不自禁。

往年，果子多了他还得发愁，储存难，果商要得少，果子卖不上价，2022年8月，京东物流在伽师县的产地仓升级为智能供应链中心，这座占地2.1万平方米的"巨无霸"一次性解决了新梅出疆的难题。"今年家里光新梅的收入大概能增加六成！"阿布高兴地说。

● 石湾陶艺《新梅迎宾》成为新梅小镇地标（受访者供图）

"第一次吃这么甜的、香的,很好!""个大超甜,物有所值,新疆特产,美丽的地方!"在京东电商平台上的粤伽情生鲜旗舰店,伽师新梅收获好评如潮。

伽师新梅在京东的交易数据显示,其成交额从2020年的300万元提高到2022年的1500万元,3年涨4倍。

卖了新梅买小车,富了的村民爱上自驾游

8月初的新疆,到处都是热烘烘的。伽师县英买里乡兰干村村民艾尼·吐尔逊在自家果林里,边走边看挂果情况。新梅长势喜人,他脸上漾开笑容,边看边尝,嘴里和心里甜到一起。果树林里响起浑厚、悠扬的都塔尔琴声,一位大叔在树下弹唱起传统的歌谣,引得艾尼·吐尔逊也跟着哼唱。

"之前做公交车司机,收入不高,现在一年收入有10来万元,生活特别幸福。"艾尼·吐尔逊说,新梅种了10亩,桃子、杏子也有2亩,日子越来越红火,家里还养了羊,2021年还买了一辆小汽车。

如今,这辆产自广东的小汽车成为他的最爱,只要有时间,他就会从前到后细心擦洗。新疆气候干燥,乡下经常是沙土飞扬,但艾尼·吐尔逊的车子依旧光可鉴人,就连车窗玻璃的缝隙里都干干净净。

隔壁不远,村民阿布都热依木·米曼,正在向客人介绍他在2019年获得伽师梅评选大赛铜奖的情景:"新梅都是我们自己种的,品质好,个大又甜。"

村里,人们都喜欢叫阿布都热依木·米曼"土专家"。

"可能是因为我平时喜欢给大家讲讲种植方面的技术吧。我是一个闲不住的人,谁家新梅该压枝剪枝了,谁家苹果树生虫了,谁家蔬菜叶子发黄了,我都喜欢去帮忙看看,帮着帮着我就成了他们口中的'土专家'了。"阿布都热依木·米曼言语中有掩不住的自豪,这些技术,之前都是他自己看书、琢磨,或者是从乡镇里的技术人员处学来的。2021年,村里组织他去伽师县城参加集体培训,专心学了10天,种植技术懂得更多了。

如今,阿布都热依木·米曼家里种了15亩新梅,亩产上千斤,家里的生活更宽裕了。

"以前种棉花,给别人家里帮工。一年到头,吃肉次数都数得过来,现在

生活条件一年比一年好，收入也越来越多。"阿布都热依木·米曼的女儿笑着说，家庭年收入从种新梅前的七八万元增长到十多万元，家里还翻盖了新房，买了摩托车，至于肉，更是"想吃就吃"。

越来越多的村民因"梅"致富，过上了美好生活。

"村里一共518户村民，光是在2021年，村民们就买了30辆小汽车，全村汽车保有数达到180多辆。"兰干村支部书记张银说。村民的"豪气"从哪里来？张银算了这样一笔账：村里基本每家都种上了新梅，多则十多亩，少则一两亩，2021年全村新梅销售收入就达3150万元，人均增收5000多元。

这一切并不容易。张银还记得，那是2014年，伽师开始大规模推广新梅种植，村民们对新品种不熟悉，不太接受。村干部就播放宣传片，到村民家里走访宣传，不断增加村民对新梅的了解。特别是2021年引进了百果园、汇源果汁等大企业后，它们不仅统一收购新梅，还会联系专家研究、培训种植技术，统一购买化肥交给村民，提供从种苗到销售的一条龙服务，让村民们心里有了底，眼里有了盼头。

到2022年，兰干村8700亩地中有5400多亩种上了新梅，挂果2400多亩。张银说，亩产比2021年提高两成，而且果子甜度更高，品质更好，预计销售价格可以从每斤18元提高到20元，"新梅还在树上，好多企业就已经与农户达成了协议"。

生活条件变好了，很多村民都喜欢开着小车到伊犁自驾游。在兰干村，每家每户都在翻新房子，有些还一口气把家具全都换新。在饮食上，村民之前以吃蔬菜为主，现在都会到巴扎（集市）上吃烤肉、烤鱼，生活的滋味越来越丰富、甜蜜。

更多村子趁着新梅发展热，实现了致富奔小康。

临近采摘，英买里乡拉依力克村宁静的果园里，微风晃动着绿叶，一串串紫色的新梅带着可人的粉白果霜，散发出诱人的果香。

"过去我给别人打零工，每年只能挣2万元左右，吃饭全靠自己种的粮食，盖不起房子。"阿布说。2014年，看到村里人都靠种新梅摆脱了贫困，阿布下决心把家里的7亩地用来种新梅。"一棵树苗15元，一亩地能种40颗左右，成本不大，施肥就用家里牛羊的有机肥。"伽师得天独厚的自然条件让阿布一家也尝到了甜头。

● 新梅熟了，阿布都热依木·米曼一家正在自家园地品尝丰收的喜悦（罗一飞　摄）

英买里乡克皮乃克村种植新梅的村民依明江·艾买提家里也整饬一新。"英买里乡新建了一个产业园，有大企业入驻，我们种的6亩新梅都不愁卖了，价格还比往年高了很多。现在有钱了，想把自己的家装修一下。"

依明江所说的产业园，是佛山援疆工作队协助新建的粤伽新梅产业园，不仅吸引了京东、百果园、金安达等龙头企业入驻，还带动了当地上下游产业链的发展。

新梅虽小，全产业链不能少

在伽师县579县道与东环路交界处，一座高约5米、直径4米，由佛山新美陶打造的大型陶瓷雕塑肖然矗立，雕塑上"新梅镇"三个大字十分醒目。

不远处，就是总投资3.8亿元、占地300余亩的粤伽新梅产业园。从高空俯瞰，产业园里分列着3排共6座巨大的冷库，上面的"广东援疆""百果园""金安达"以及"京东云仓"等标识尤为显眼。

2021年，为落实国家乡村振兴战略部署，喀什地委、广东省前指、伽师县委多次调研后决定，依托当地新梅产业优势，打造伽师县粤伽新梅产业园。

产业园一期占地364亩，总投资3.2亿元，全部建成后将成为包含新梅等生鲜水果的集分拣、储存、保鲜、冷藏、交易、物流、研发于一体的现代化综合性园区，可带动当地3000余人就业，预计年产值超6亿元。

2021年3月19日招商、4月22日动工、8月初完成设备调试……"根本想不到，这么大的一个产业园，从无到有并正式投产仅用了短短的100天。"新疆伽师百果安达智慧农业有限公司厂长李万生感慨道。

广东援疆积极推动粤伽新梅产业园建设，围绕新梅育苗、标准化种植、分类采摘、加工销售、产品包装、冷链物流引进17家关联企业，建成塑料包装厂、特色林果分拣包装生产线、冷库保鲜库，还配套建设了冷藏保鲜区、加工生产区、配套服务区、创新研发区等，基本形成一条以新梅为主打产品的产业链。

在此之前，伽师县冷库数量少、规模小而且分散，有了产业园，可以实现

● 粤伽新梅产业园（受访者供图）

集中收储和发货，大大降低企业成本。依托大型现代化冷库的投入使用，县乡村三级冷藏保鲜体系延长了销售周期，新梅销售由往年20天集中上市，延长至2—6个月分批上市，仅此一项，全县人均增收1250元。

优质的伽师新梅走出原产地，远销疆内外，成为造福伽师各族群众的"致富果"。

产业园建成后，带动全县挂果面积从原来的3万亩发展到23万亩，产量达15.1万吨，同时打通了销往全国的市场和零售终端，让全县新梅价格由原先的5元/公斤增长至18元/公斤，全县人均增收5000元。

针对新梅产业种植技术粗放、一产二产脱节等短板，广东援疆还成立招商专班，密集赴北京、深圳、西安等地，对大型龙头企业展开精准招商，吸引大型农业龙头企业落户伽师，促成伽师新梅鲜果实现现代化分级包装、保鲜冷藏、全程冷链配送，初步实现了当地新梅果酱、冻干、果干等深加工产品质的飞跃。

在广东援疆的支持下，近年来，伽师县还不断推动新梅产业的产学研用一体建设、一二三产融合发展，预计到2024年，粤伽新梅产业园将打造成优质苗圃"研发地"、技术人才"孵化地"、精深加工"集结地"、新鲜果品"输出地"、旅游景点"打卡地"、民族团结"新阵地"，建成百亿元级产业园。届时，全县新梅挂果面积达60万亩，总产量达50万吨，上下游产业将带动就业8万余人，按不变价计算，一产产值75亿元（实现人均增收1万元），二产产值80亿元，三产产值10亿元。

从"不愿种"到"主动种"，新梅技术节节高

站在一箱箱堆成小山一样的新梅中间，黎万泽深有感触："我以前在这个乡镇工作的时候，劝老百姓种新梅，他们都不愿意种。后面见到效益，老百姓都自己去种，而且管得很好，老百姓都成专家了。"

从"不愿种"到"主动种"，转变来自广东援疆的不断发力：每年援助1000万至1500万元资金支持育苗、推广种植，每年提供300至400名技术人员指导种植，还组织专家和研究所编写新梅规范种植手册……

新梅种得多了，品质要求更高了。"我们科学管理，花期管理管得好，果

子结得多，而且采取了一些疏果管理措施，结果数量似乎少了，但是单果长势好，产量反而提升了。关键是品质上去了。佛山援疆工作队帮了大忙，不仅提供药品、肥料、专家和人才，还专门给了新梅种植的提质增效资金。"黎万泽说。

要想新梅种得好，专业人才少不了。

2022年6月17日，伽师县英买里乡电子商务公共服务中心里，来自伽师县各乡镇新梅种植重点村从事新梅产业的企业负责人、电商创业者等50多人正在聚精会神听着广东老师讲课。这是粤伽兴梅乡村振兴科技培训班的授课现场，来自华南理工大学等广东高校的老师结合伽师县新梅直播销售、加工等基本情况，对林果业加工、电商销售、网络直播、金融分析等方面进行全面细致的授课。

"这场培训是一场及时雨，专家们传授的新梅深加工、保鲜、贮藏、运输及质量安全的宝贵经验，为我们企业提供了创业创新的新途径，加速本地农产品转型升级，拓展了市场。"伽师县疆香果企业负责人表示。

随着新梅陆续成熟，距离粤伽新梅产业园几十公里的伽师中荔农业发展公司新梅产业园里，也呈现出紧张生产的热闹景象。

在刚刚投产的新梅分选机上，一筐筐刚采摘的新梅源源不断地流入生产线。"不同的客户对新梅有不同的要求。通过机器分选，大小分类更标准，一天产量在60吨左右。"伽师中荔农业仓储负责人李兵说，遇到客源多的情况，机器生产线可以三班倒，加上人工产线，每天新梅产量可以达到200吨左右。

李兵有一个长远的发展设想：和合作伙伴一起完成2万亩果园的注册备案后，从基地建设入手，通过标准化管理，建设一个符合国际一流标准的生产体系，并不断向着果干、果酱、饮料以及花青素提取等下游深加工产品延伸。

"这都和佛山援疆工作队的支持分不开，我们经常一起商量如何加强技术指导和设备投入，还与广东的科研团队连线讨论，对照国际先进标准，做好产业链延伸，加强体系建设，扩展市场，特别是逐渐加大对外出口比例，让新梅附加值更高，这样农户的收益也更高。"李兵说。

类似的一幕也发生在粤伽新梅产业园里：中国农科院营养健康食品产业创新研究院、新疆农科院新梅特色产业技术研究院相继入驻，智能温室大棚、连拱设施大棚、露地栽培示范园等现代农业研究设施拔地而起，农业龙头企业与科研机构还联手为伽师新梅带来了更为先进的新梅种植技术，通过科学种植、精细化养护，提高了新梅良品率，降低了病虫害率，大大提高新梅产业抗风险能力。

种植技术提升了，品质更优的新梅不仅受到国内市场青睐，还走出了国门。

2022年，乌鲁木齐海关审批通过了伽师某农业企业申请的出境水果果园注册登记，该果园成为全疆首家获得出口资质的新梅果园，伽师新梅预计很快就将出口至东南亚等地区。

在粤伽新梅产业园的展厅里，新梅制成的果干、果汁、果酱、果酒、果肥等样品一一陈列，旁边的产业园大门内外，一车车高品质的新梅产品如游龙般不断驶出，从新疆走向全国、走向世界。

让全国都尝到伽师的"甜"

俗话说"南甘蔗北甜菜",甜菜形状似萝卜,是重要的制糖原料。

2022年秋,伽师甜菜迎来大丰收,田间地头一派繁忙景象,甜菜种植户纷纷抢抓天气晴朗的好时机采收甜菜。从播种到收获,全程机械化作业,甜菜产量逐年提升。

在新疆喀什伽师县,因气候特殊,这里种植出的甜菜含糖量超出北疆甜菜2个百分点,发展甜菜产业得天独厚。不过,由于没有龙头企业带动,生产潜力一直没有充分挖掘。

广东援疆让这一切得到改变。在广东的资金、技术、人才的大力帮扶下,这里顺利吸引来亚洲最大糖厂,采用"公司+农户"模式打造了30万亩甜菜种植基地,构建甜菜产业园,把甜菜"吃干榨净"。相关产业项目全面建成后,预计年产值达25亿元,年创税达1.5亿元,帮助万余名群众解决就业问题。

实现土地流转和就业"双收益"

在伽师,甜菜全身都是"宝"。

根茎可以用来生产白砂糖,叶子则成为青储饲料,清洗下来的根须、菜皮是有机肥的生产原料,提取白砂糖后产生的菜渣也会被加工成颗粒粕、有机饲料等。

不过,理论是理论,真正让甜菜全身变"宝贝"的是奥都糖业。2017年,这家国内单体生产规模最大的制糖企业落户伽师,占地1222亩;2019年正式生产,流转原料基地近30万亩,年可加工甜菜160万吨。在这些种植甜菜的田地里,农户流转土地后,再参与田间管理,实现土地、就业双增收。

"伽师县的光照、气温、土壤质量都比较适合种植甜菜,亩产能达到6吨

● 奥都糖业甜菜产业园俯瞰图（罗一飞 摄）

左右，含糖率15%以上。"奥都糖业相关负责人介绍，伽师县的甜菜不仅在全国产量最高，就是和种植甜菜的先进国家相比，产量也较高。

"我在这里工作快一个月了，工资也挺好的，3500元，离家也很近很方便。"伽师县益农农机合作社员工阿不力提甫·阿巴说。

2022年10月，在克孜勒博依镇巴格艾日克村，由伽师益农农机合作社承包种植的甜菜进入收获时节，甜菜收获机在田间地头来回穿梭采挖甜菜，甜菜装载机将堆积如山的甜菜装车，各种大型机械车辆在田间地头紧张作业，忙而有序。

巴格艾日克村有6340亩耕地，232户村民流转了5600亩用于甜菜种植，50余名村民参与到甜菜种植、管理当中，村民阿依姆妮萨·斯迪克就是其中一员，年土地流转收入就有8000元，加上参与种植管理的收入，实现了双份收益。2022年，克孜勒博依镇流转3.3万亩耕地用来种植甜菜，目前已经种植2.7万亩，带动该镇660多人就业，实现了土地流转和就业"双收益"。

除了带动农户致富，制糖产业也成为培养技术工人的摇篮。

每年8月，奥都糖业都会举办技能大赛，为了获得好成绩，很多职工主动利用工余时间自学，中午不休息，在高温的天气下，勤学苦练技术技能。2021年，买热但·吾布力、希尔艾力·艾力及麦合木提·喀迪尔等员工通过参加培训和技能大赛，申报成为少数民族技术型人才。

人才得到培养提升，生产技术也不断改进，白砂糖、单晶冰糖、多晶冰糖、黄冰糖等产品远销省内外。奥都糖业还与郑州期货市场交易，吸引中粮、双汇等食品集团成为合作客户。

"满载生产，年可加工甜菜160万吨，年可产糖21万吨，与双汇集团、可口可乐公司等国内外知名企业达成合作，全国都能尝到伽师的'甜'！"奥都糖业人力行政部经理赵玉萍自豪地说。

粤新协作"含糖量"再提升

国内规模领先的企业为何选择落户伽师？

除了当地适合甜菜生长的自然条件外，广东援疆的支持也至关重要。仅在资金方面，广东近年来累计给予奥都糖业的援疆资金扶持就达7280万元。

此外，佛山援疆工作队还专门对接相关企业，助力奥都糖业规划布局上下游循环经济。

在奥都糖业的厂区走一圈就会发现，园区已基本形成循环经济全产业链：饲料厂、有机肥厂、液体肥厂、酵母厂都以奥都糖业生产白砂糖产生的副产品为原材料；30万亩甜菜种植基地由地膜厂提供滴灌带和地膜，包装厂提供包装箱、包装袋；饲料厂则为当地的种羊养殖企业提供羊饲料，伽师羊吃了饲料产生的羊粪，还能做成有机肥。

"菜根菜叶压榨完之后，就产成颗粒粕。颗粒粕含有糖分，口味好、热量高，是牛和羊都喜欢吃的饲料。对面冰糖厂属于下游产业，这边是液体肥厂，废蜜加上氮磷肥搅到一块，就回到我们的地里面成为土地肥料。"赵玉萍一边带客户参观一边如数家珍地介绍。

在佛山援疆工作队协助下，当地引进冰糖厂、饲料厂、有机肥厂、液体肥厂、酵母厂、包装厂、地膜厂等8家上下游企业，打造"伽师甜菜产业园"。

一棵甜菜"榨"出大产业，也让甜菜种植成为当地农户的"甜蜜事业"，越来越多农户加入其中。目前，甜菜全产业链带动周边就业达8870人。

打通全产业链之外，奥都还与多家研究机构、企业合作，全力推进制糖产业关键环节的技术攻关。

"我们现在主要做副产品深加工，比如，生产过程中产生的无法结晶的废蜜含糖量不低，可以用来生产酵母。"喀什广东甜菜工程技术研究中心质料管理部部长赵子敏说。

这家中心成立于2017年，由喀什广东科学技术研究院协同华南理工大学、广东省农业科学院、喀什奥都糖业有限公司、新疆西圣果业公司共同发起成立，以喀什奥都糖业公司为基地，引入华南理工大学"广东省天然产物绿色加工与产品安全重点实验室"的甜菜提取果胶技术成果进行产业化。

研究中心不乏来自广东的身影，华南理工大学食品科学与工程学院博士生导师于淑娟带领的团队就在科研和人才培养中扮演了关键角色。"广东援疆过来的教授，不仅做科研，还为我们培训工艺技术，讲解设备操作原理，特别是将科学实验与实际生产结合，进行细致的方法指导。在他们的帮助下，我们对工艺流程的理解更加透彻。"赵子敏说。

经过该中心技术改进后生产出的白砂糖，色质低、浊度低、无异味，达到国际先进水平。

不过，这并不让技术人员心满意足。"南疆昼夜温差大，日照时间长，甜菜本身含糖量比较高，大概比北疆甜菜高出2个百分点，我们正在进一步培育新品种，预计甜菜的含糖量再提升0.5个百分点，达到16%。"赵子敏说。

在广东援疆的支持下，这份甜蜜事业正在新疆大地不断延伸：一个新的糖厂正在阿克苏拔地而起，预计2023年正式投产。届时，伽师的先进制糖技术将全部"移植"过去，让新疆甜菜的糖化入更多人的嘴里和心里。

十年"百万锭" 打响新疆棉品牌

"东纯兴是我的家,我的家里有你也有他……"临近中午时分,正是新疆东纯兴集团前纺车间工人换班的时候,一群朝气蓬勃的各族纺织工人从车间里出来,沉浸在歌声和笑声中。

位于第三师图木舒克市草湖镇的东纯兴集团,生产车间开足马力,流水线操作井然有序,各族职工团结奋斗,他们正在成为新疆生产建设兵团全力开展民族团结进步创建的生动"窗口"。

东纯兴集团100万锭纺织项目,总投资近40亿元,在当时援疆各省市产业援疆项目中投资额最大。这一项目在2020年6月已实现全部达产,解决了受援地4000多人的就业问题。

● 新疆东纯兴集团(受访者供图)

在这一龙头项目的带动下，兵团棉花"磁场"效应凸显，一批批内地纺织企业在这里集聚，推动当地纺织业转型升级，各族职工实现家门口就业，奔向共同富裕的康庄大道越走越宽。

东纯兴项目带动4000余个就业岗位

初秋，走进第三师图木舒克市，登上唐王城千年屯垦文化体验中心爱国主义教育基地楼顶，眺望永安湖生态旅游景区，山水林田湖草沙尽收眼底，它们之间相互依存，共同构成了一幅壮美的生态画卷。

坐落于第三师图木舒克市草湖镇的东纯兴集团的车间则是另一番情景，机器轰鸣，一片繁忙，各族职工正在各自岗位上有序地忙碌着。

"2020年6月第三期东湖兴40万锭项目全部投产，标志着东纯兴集团100万锭规模的建设目标顺利完成！"东纯兴集团董事长凌力说，现在他们的订单主要来自广东、江苏、浙江等地，可以说不愁销路。

2014年6月22日，广东省党政代表团在新疆考察期间，与兵团商定共建兵团草湖广东纺织服装产业园，致力将其建成"全国一流、世界先进"的纺织服装产业基地、喀什对接丝绸之路经济带和中巴经济走廊战略的重要平台、广东产业援疆的标杆项目。

本着"专业的人做专业的事"的初衷，东纯兴决定引入托管经营模式。

2016年下半年，东纯兴组织团队密集拜访20多家国内有实力的棉纺企业，并选定全国棉纺龙头企业——山东德州恒丰集团，对100万锭纺织项目进行托管经营。

托管经营模式充分结合国有企业的资金优势、民营企业的管理及技术和市场优势、三师当地的原材料优势，促成了项目的高水平运作，取得了良好的经济社会效益。

经过严格质量管控，东纯兴集团的产品AA级质量指标由建厂之初的33.9%提高到2022年的88.8%，先后荣获中国棉纺织行业协会"2020年棉纺织行业营业收入百强企业""非棉纱产品营业收入四十强企业""粘胶短纤维产品营业收入三十强企业"荣誉称号。东纯兴集团纱线产品已获得国家级"优质色织布用纱精品奖"5个、"优质色织布用纱优秀奖"4个。

自2017年第一期项目投产以来，截至2022年底，东纯兴集团累计产销各类纱线约57.33万吨，实现销售收入约114.03亿元（不含税），为第三师图木舒克市累计贡献税费1.5亿元。

"近年来东纯兴集团主动承接地方县市劳动力就业转移，先后接收周边地方县乡4000余人就业，助力地方2300余人脱贫。"凌力说。

此外，为进一步创新援疆建设工作，推动草湖产业园创新发展和转型升级，东实集团与新疆生产建设兵团、兵团三师等共同出资设立了"新疆草湖纺织服装产业发展基金"。

其中，东实集团作为东莞市政府指定出资合伙人，计划在纺织服装发展基金中出资3亿元，通过充分发挥产业基金的作用，推动产融合作在纺织产业链发展中发挥撬动和拉动作用，促进新疆东纯兴集团的高质量发展。

一批批少数民族产业工人脱颖而出

产业旺起来，产业工人加速成长，少数民族群众生活更富足。

高大的厂房内窗明几净，机声隆隆，高端设备开足马力运转。每日清晨，质检员麦丽克扎提·亚库普吃过早餐，迎着朝阳来到车间上班。

"以前胆子小，不敢出门和人打交道，现在和大家一起有说有笑，生活和工作都十分开心，性格也变得开朗了，能熟练地操作机器。我还是合唱团的领唱，融入大集体中很开心，有了稳定的工作和收入，家里人都为我感到高兴。"麦丽克扎提·亚库普说。

从普通员工成长为优秀质检员，麦丽克扎提·亚库普月均收入不断提高，比刚进企业时高出一倍。她说："告别以前围着锅台转和零星打工的不稳定生活，现在快乐地学文化，当产业工人，这让我越来越自信，打算在四十一团草湖镇买房定居了。"

像麦丽克扎提·亚库普一样，大批少数民族青年告别陈旧的生活模式，在新疆东纯兴集团稳定就业。

如今，东纯兴集团接收周边地区4000余人就业，其中80%为维吾尔族，为喀什、和田等地区缓解就业压力、维护稳定、振兴乡村等作出了突出贡献，大力推进了兵地融合，助力兵团地方乡镇职工群众脱贫致富。

● 东纯兴集团的纺织车间内，工人正在生产线上忙碌（李乾红 摄）

与此同时，少数民族员工的幸福指数不断提高，近年员工掀起购车潮，大门口车辆排起长龙，成为一道靓丽的风景线。对此，凌力倍感自豪："这些年企业发展了，员工收入也高了，不少员工买了小汽车上下班。"据统计，目前东纯兴集团共有800多名员工购买了小汽车，占员工总人数的五分之一。这些员工有不少是当年骑着自行车，甚至走路上班的贫困户。

东纯兴集团作为全国大型棉纺企业，以先进的生产力和技术，着力在"三个重点"（即重点在少数民族群众中培养一批骨干人才、重点解决建档立卡贫困户脱贫致富问题、重点培养一批少数民族产业工人）上下功夫，采取"结对子"、"拜师傅"、技能"大培训"、"大比武"等方式，培养少数民族骨干人才260余名，促进兵地2300余人脱贫致富，培养少数民族产业工人3537名，优化了集团队伍结构，激发各族员工争先进、当模范的积极性，教育引导少数民族群众实现了从"要我脱贫"到"我要致富"的转变。

东纯兴集团重视人才的培养、选拔和任用工作，开通教育成才通道，和新疆轻工职业技术学校开展合作，组织企业员工参加学历提升班；开通商学院复合型人才通道，通过对接恒丰商学院、成立东纯兴商学院等举措，培养骨干人才；开通技师成长通道，集团每季度举行技术比武大赛，评选优秀的少数民族技术人才。

目前，企业参加学历提升班的员工有98名，从恒丰商学院、东纯兴商学院毕业的员工共70余人，均在企业各公司重要岗位工作；学院总裁班、商学班、骨干班、电工班在读学员有80余人，各类骨干人才总计250余人，其中少数民族30余人。2021年各公司根据技师评聘结果，选拔优秀人才90名，其中少数民族38人，有6人已挂职中层职务，5名员工提拔为车间主任。发展少数民族党员，培养少数民族人才，不断激发各族员工争先进、当模范的积极性。

一座电厂的新生

电力是一座城市正常运转不可或缺的支撑。在第三师图木舒克市，有一座电厂曾经在生死线上挣扎，职工流失较为严重，当地政府向广东援疆工作队求助。考虑到该电厂的重要作用，特别是对民生的重要支撑，广东援疆工作队及时出手，协调广东省能源集团介入。短短一年多时间，该电厂焕发新生、面貌一新。

陷入困境

从2017年底投产到2020年底之间的3年时间内，图木舒克热电有限责任公

● 图木舒克热电有限责任公司（邵一弘 摄）

司（简称"图市热电"）的发展轨迹如同一条快速上升又突然下坠的抛物线，它一度是当地的明星企业，但很快便遭遇重重困难。

作为国有发电企业，图市热电在成立之初，便格外受到关注，吸引了大量求职人员，很快便实现了满编，员工总人数达到320人。

然而，受发电小时数不充分、电价低煤价高等诸多因素影响，图市热电从投产之日起就没实现过盈利。在连年亏损的状态下，企业经营较为困难，员工绩效奖励难以落实。3年时间内，有不少员工提出离职。

尽管如此，图市热电仍发挥了重要作用，它是第三师图木舒克市电力能源产业重点企业，是南疆三地州电网的支撑点，是第三师图木舒克市唯一热源，承担保障第三师图木舒克市居民冬季供暖和两个工业园区用电的任务，肩负保电和保热的双重重任。

而且，这个年轻的热电厂，采用的设备在国内较为先进——上海电气超临界350MW机组；并组建起了一支年轻的队伍，员工平均年龄仅30岁。

何去何从？这座寄托着第三师图木舒克市民众期望的国有热电厂陷入资金窘迫、人才流失的境地，牵动着众人的心。

特别工作队

转机终于出现。

在2020年10月5日召开的广东兵团对口支援工作座谈会上，兵团三师领导向广东省党政代表团提出请求，希望广东能源集团收购和管理图市热电，获得时任广东省政府主要领导支持。

广东能源集团迅速响应，组织专业团队进场开展洽谈和尽职调查。2020年10月16日，第三师图木舒克市与广东省能源集团在广州签订《战略合作框架协议》，全面启动对图市热电的收购与接管工作。

这是图市热电迎来新生的关键一步。

消息一传开，图市热电员工为之振奋，公司迅速扭转了员工流失的局面，2021年全年没有一名员工提出离职。

2021年12月10日，广东能源集团旗下上市公司粤电力注资8亿元，完成对图市热电的增资扩股，图市热电由原独资公司转变为合资公司，股权变更为粤电力持股79.5%，新疆锦泰电力有限责任公司持股20.5%。12月30日，图市热电召开股东会和董事会，将管理权移交给粤电力。

粤电力接管图市热电后，全面对接广东能源集团管理体系，图市热电全体中层管理人员留任调整，员工总共278人全部保留，优化调整管理机构。图市热电开始以崭新的面貌展现在人们面前。

为保障生产经营管理平稳过渡，2022年1月21日，粤电力在系统内选派22名思想觉悟高、专业能力强、工作经验丰富的生产经营及专业技术管理人员，组成专家组进驻图市热电，开展管理支持对接工作，计划进驻时间为半年。

这个方案出台时离春节仅半个月，正值第三师图木舒克市一年中最寒冷的时候，能否动员到这么多专家，大家都心存疑虑。然而出乎意料的是，报名反响非常积极，1月21日，20名专家抵达第三师图木舒克市，集体在万里之外的边疆度过春节。春节一过，剩余两名专家组成员也迅速归队。

携手共进拼发展

在欢迎专家组进驻的座谈会上，粤电力新疆分公司总经理、图市热电董事长王沛沛给专家们提出了"两个留下"的"简单"任务，就是"留下一段感情，留下一套制度"。专家们迅速调整状态，克服水土不服、气候干燥等困难，明确以标准化管理为着力点，确定了"两个目标、三个阶段"总目标，制订了《2022年改善经营管理提升效益方案》。

管理提升，标准为先。专家组与图市热电员工一道，克服种种困难，终于在3月31日完成图市热电整套标准体系文件的修编、审核及发布工作。此次发布的企业标准共6册约180万字，包括153项管理标准、146项岗位标准和16项技术标准。企业标准的发布实施为图市热电的管理标准化、规范化打下坚实基础。

新的挑战接踵而至。王沛沛亲率团队积极与当地政府对接，深入煤矿调研，创造性地与国家能源集团签订20万吨长协动力煤合同，圆满完成春节等关键时间段电热保供任务，守住了安全生产、能源保供底线，有效保障地方经济平稳发展所需的能源供给，实现供热期"零中断"。

2022年度2号机组大修是图市热电机组投运以来第一次大修，为推进大修筹备工作，图市热电每天召开视频会议，组织各部门寻找解决问题的最佳方案。在了解到机组工业抽汽参数无法满足当地工业园区用户需求后,图市热电立即开展抽汽系统改造可研、初设等前期工作。

同时,粤电力充分发挥上市公司资信水平优势,积极推动粤新两地金融资源协调互补,引入先进的精细化资金管理理念,大幅提升融资管理水平,为图市热电的正常运转和良性发展提供重要支撑。

广东能源集团的介入,为图市热电带来了新的发展空间。公司始终坚持"以人为本",将员工的利益放在突出位置,让员工共享改革成果,为全体员工增长基本工资,投入100余万元改善职工生产生活环境。

公司环境的变化,管理的优化,特别是专家组的进驻,激发了全体干部职工奋发有为的干劲,大家上下一心、尽职尽责、艰苦奋斗,推动公司顺利度过管理提升、转型过渡期,实现良性发展。

一座电厂,背后是一座城市的发展、数十万人的生活。为了一句承诺,广东援疆队伍奔赴万里之外,输入资金,带来管理,培养队伍,为这个对当地经济与民生有重大意义的国有企业重获新生作出重要贡献。

让"高原之舟"变为"增收之宝"

"以前我们养的牦牛品质不好、卖价低。这里繁育出来的牦牛得到了改良，一头牦牛价格能提升500元以上。"在塔县牦牛良种繁育中心，牧民马吉尔丁·艾克来木指着体格健硕的牦牛说。

塔县地处帕米尔高原，平均海拔在4000米以上。牦牛被誉为"高原之舟"，是当地民众劳动生产中的主要畜力，也是生活中重要的肉食品来源。如今，在深圳援疆工作队帮助下，当地通过科学养殖、打造产业链，使帕米尔高原上的"高原之舟"逐渐变为"增收之宝"。

加快品种改良

由于长期近亲繁育，塔县牦牛品种退化严重，体型越来越小，牧民们的收

● 塔什库尔干机场前的牦牛雕塑（邵一弘 摄）

入也连年减少。为了让牦牛能健壮地在高原繁衍下去，也为了保证塔吉克族人民可持续发展牦牛产业，深圳援疆工作队开展了调研，并作出周密部署。

从2018年起，深圳投入援疆资金4870万元，推动中国农业科学院深圳农业基因组研究所、新疆畜牧科学院和中国农业科学院兰州畜牧与兽药研究所合作，改扩建牦牛品种改良中心，采取塔县牦牛和青海野血牦牛杂交的方式对牦牛品种进行改良。

深圳援疆工作队还请来了中国农业科学院的畜牧专家阎萍。阎萍致力于研究牦牛的遗传育种，被养殖户亲切地称为"牦牛妈妈"。两年来，阎萍多次带领技术团队登上帕米尔高原，运用杂交手段改造塔什库尔干牦牛，并繁育出1000多头新品种牦牛。

如今，塔县牦牛品种退化问题得到了有效遏制，牧民的收入也正在提高。

"2021年6月，第一代杂交牦牛成功出世，新生的牛犊比改良前平均重3公斤，预计改良成年牦牛平均体重增加40公斤到60公斤，预估每头牦牛能为养殖户增加3000元到5000元收入。"挂职塔县畜牧兽医局副局长的深圳援疆干部刘珍说，目前，塔县牦牛的规模为3.8万头。

"发展产业的第一步就是提升牦牛品质。"塔县畜牧兽医局局长道敏说，为解决牦牛近亲繁殖带来的品种退化问题，当地政府于2019年分两批次从青海省引进了90头牦牛。"引进后，我们在繁育中心和改良中心对公、母牦牛分区科学养殖。"

在牦牛良种繁育中心，我们看到，自动化饮水槽、微量元素舔砖等饲喂配套设施齐全。5位畜牧工作人员正对母牦牛进行人工授精。"相比自然交配，成熟的人工授精技术能提升牦牛种群的数量。"道敏介绍说，通过一系列"提质"办法，全县牦牛规模已超4万头。

饲草是畜牧业的基础，为使牦牛吃得好，塔县鼓励牧民利用闲置耕地种植燕麦和高粱。道敏称："此前牧民多以青稞作为牦牛饲草，经过专家实地调研，我们增加了饲草种类。目前该县种植燕麦6000亩、高粱3000亩，牧民们通过出售这些作物，获得了额外收入。"

塔县牦牛改进项目得到了国内顶级科研力量的支持。刘珍介绍，深圳援疆工作队以塔什库尔干牦牛品种改良中心科研项目为抓手，先后与深圳华大基因研究所、中国农业科学院兰州畜牧与兽药研究所、新疆畜牧科学院等多家科研

● 塔县的牦牛养殖场（邵一弘 摄）

院所合作，选派基因、畜牧、兽医、草原、饲料、病虫害防治等相关专家技术人员20余人与县畜牧兽医局业务人员进行混合编组，成立工作站，以科研传帮带的形式，以培养当地技术人才为目的，开展各项科技指导工作，重点完成牦牛产业相关技术示范与推广，培训相关技术人员400余人。

逐步打响品牌

新一轮对口援疆工作开展以来，深圳援疆前方指挥部塔县工作组将牦牛改良项目作为精准帮扶重点工程，运用科技手段推动塔县牦牛产业发展，使牦牛变为"科技牛""增收牛"。

深圳援疆前方指挥部塔县工作组编制《塔什库尔干县牦牛产业发展规划》，建成牦牛品种改良中心，引进中国农业科学院兰州畜牧与兽药研究所、中国农业科学院深圳农业基因组研究所等科研单位，并签订《帕米尔牦牛产业化发展战略合作协议》。

中国农业科学院深圳农业基因组研究所还与中国农业科学院兰州畜牧与兽

药研究所、新疆塔县联合实施"塔县牦牛遗传改良及产业扶贫"项目。

依托牦牛资源与育种科技创新团队,深圳援疆前方指挥部塔县工作组从繁育基地建设、引进牦牛选择、适应性观测、良种繁育配套技术到饲养管理培训等环节,支持塔县发展帕米尔高原牦牛产业,助力塔县成功脱贫摘帽。

塔县牦牛产业链"升级"不只体现在"牛品提质",合作社也成为重要一环。道敏说:"牧民们以牦牛或闲置耕地为股份入股合作社,年底获得收益。"

塔县科克亚尔村扶贫书记尹进龙介绍,该村已有120户牧民加入合作社,合作社牦牛养殖规模达230头,已产生经济效益超20万元。"参与其中的牧民通过投票形式决定合作社是否收购或出售牦牛,自主决定收益。"

刘珍透露,依托牦牛品种改良中心,2021年"帕米尔牦牛"被列入全国十大农业优质种质资源,2022年塔县被列入农业农村部草原畜牧业转型升级试点,名片效益日益凸显。

在牦牛产业链下游,以销促产初现规模。深圳援疆企业和正源集团董事长陈海鸥说:"企业落地塔县已有8年,研发出牦牛肉干、牦牛肉酱等20余项单品,产品除销往深圳外,还接到了欧洲及中东地区多个国家的订单。目前工厂直接带动就业50人,间接带动500人增收。"

塔县围绕牦牛产业配套的活畜交易市场、屠宰加工厂已完成选址及规划。道敏说:"此前,牦牛肉价与普通牛肉价格相当,市场竞争力较低。随着塔县牦牛品质提升、产业链完善,牦牛的附加值将进一步提高,从而带动当地牧民增收。"

刘珍介绍,塔县正全力打造"帕米尔牦牛"和"塔什库尔干羊"品牌,2022年开展帕米尔牦牛种质资源保护利用项目,通过帕米尔牦牛品种的选育,不断扩充保种核心群和扩繁群,完善帕米尔牦牛良种繁殖体系和选育技术。

花儿依然这样红

8月，走进塔县班迪尔乡坎尔洋村，远方的雪山在阳光下闪闪发光，碧空如洗的蓝天上雄鹰翱翔，山脚下溪水淙淙，夜晚璀璨的星空群星闪烁，在嘹亮悠长的鹰笛声中，《花儿为什么这样红》被传唱……

这里是大家耳熟能详的新疆民歌《花儿为什么这样红》的发源地，保存有当地面积最大、结构最古老的塔吉克族古民居——这就是藏在峡谷里的塔县班迪尔乡坎尔洋村。"秋天一到，坎尔洋大峡谷就会被染成黄色，拍照和看星星最好的时候就到了。"村民夏巴孜·萨但夏说。

坎尔洋村距县城55公里，平均海拔约3000米。2020年底，在"访惠聚"驻村工作队和深圳援疆前方指挥部的帮助下，坎尔洋村的"花儿为什么这样红"景区被评为国家AAAA级旅游景区。从昔日的深度贫困村到现在的AAAA级景区，坎尔洋村在乡村振兴的道路上迈出了坚实的一步。

全国游客慕名而来

夏巴孜的家就在景区里，他带着妻子开起了牧家乐，原汁原味的塔吉克族美食和实惠的价格，让他家成了小红书平台上游客们推荐的"良心老板"。

每到旅游旺季，夏巴孜家扩建后的牧家乐每天都能接待近百位来自全国各地的游客。"以前跟着旅行社来的游客多，今年自驾游客和旅行社游客各占一半。"他说，他有几百位自驾游客的微信，以广东和上海的游客居多。

自驾游客喜欢来坎尔洋大峡谷打卡，因为这里四面环山，从峡谷进入村子的道路风光无限，穿过怪石嶙峋的山岗，广漠寂静的峡谷平原让眼前豁然开朗，原始森林葱葱郁郁，溪水淙淙，一条蜿蜒的山道，连接着洁白的雪山。晚上，这里光污染少，住宿条件相对其他村子要好，许多游客都喜欢在这里拍摄

位于塔县的"花儿为什么这样红"景区（邵一弘 摄）

星空。"晚上，我带着棉大衣陪他们去最好的地方拍星空，他们拍到好看的照片，还会通过微信发给我。"夏巴孜说。

独特的风景、淳朴的民风，让游客们流连忘返。来自上海的游客李志说："景色壮美是我对坎尔洋村的第一印象。除了景美，当地民风淳朴，人很善良，这是一次体验很不错的旅行。"

旅游业的破局

在成为旅游网红村以前，坎尔洋在当地因贫困而知名。

塔县自然环境恶劣，坎尔洋村更是如此，土壤多石而贫瘠，草场载畜率低，加之去县城的盘山公路长达55公里，农牧民生产生活成本高，全村有贫困户56户207人。如何让贫困户脱贫？坎尔洋村如何发展？2018年初任坎尔洋村第一书记的自治区党委组织部干部熊七洲日思夜想，辗转反侧。

有一天，熊七洲登上村里的一座大山，望着蓝天白云，苍山远影，以及山脚下的牛羊和掩映在绿树中的村舍，忽然有了发展旅游业的想法。"坎尔洋村有草场、山脉、水库、绿洲，是天然的氧吧，更是个旅游的好地方，发展旅游业一定能行！"熊七洲对村干部和村民代表说出了他的想法。

"发展旅游业？我们只会种地，不会搞旅游。"熊七洲的想法刚说出口，大家就纷纷摇头反对。

"库尔班，你带头开一个牧家乐，怎么样？"熊七洲找到了村里有眼界、有思想的库尔班·阿热甫江分析利弊，"我来想办法给你免费装修房子、安装设备，你只要把客人招待好，等着收钱，啥都不用管。"熊七洲这样对库尔班·阿热甫江说着，便急忙赶去县里申请扶贫项目。很快，库尔班·阿热甫江家装修了房子，并安装上KTV点歌台、宽带、无线路由器等设备。

2018年8月12日，库尔班·阿热甫江的牧家乐迎来了第一批客人，他宰自家养的山羊，摆上自制的奶茶、酸奶招待游客，游客们游玩得很尽兴。"2018年，我靠牧家乐获得纯收入6000多元。2021年，接待了3000多人次游客，纯收入1.5万余元，全家靠牧家乐成功脱贫。"库尔班·阿热甫江开心地说。

亲眼看到库尔班·阿热甫江开办牧家乐脱了贫，村民们纷纷找到晒得黝黑的熊七洲，也想吃"旅游饭"。就这样以点带面，农牧民看到了旅游业带来的实效，坎尔洋村也确定了"盘活现有资源，短期发展特色产业，长期发展旅游业，实施乡村振兴战略"的发展思路。

贫困村的"逆袭"

坎尔洋村转变的背后，驻村干部与深圳援疆干部组成的工作队做了大量工作。

2018年，工作队深入走访，广泛听取村民的意见和建议，多次召开村"两委"班子、党员和村民大会，共同商讨出一条带动村民增收的路子——发展旅游业，并制定了本村旅游发展规划。

按照旅游发展规划，工作队和村"两委"先将目光聚焦在发展特色乡村民宿上，多方争取扶贫项目资金用于民宿打造；同时，利用周一升国旗仪式、农牧民夜校、入户走访等时机，动员村民转变传统观念，不出家门实现增收。

听了工作队的宣传引导后，村民们心动了。特别是通过以点带面的方式，村民看到实际效果后，都积极参与进来，村里的民宿、牧家乐等如雨后春笋般出现。截至2022年8月，坎尔洋村已经有12家民宿、52家牧家乐、42顶蒙古包、5家小商店、1家饭店。

游客住的问题得到了解决，工作队开始加大旅游基础设施建设力度，申请2000万元项目资金打造了3个环线景区，开发了树园、木园、石园、花儿为什么这样红演艺馆、星空公园、雅丹地貌公园等40多处景点，改扩建1座旅游宾馆，健全完善旅游餐厅、巴扎、篝火广场、特产店等配套设施。

在改善村庄"硬件"的同时，工作队又着手进行"软件"升级：选派10名村民到乌鲁木齐市参加农村实用人才培训班，提升旅游管理水平；利用农牧民夜校，组织村民全面学习旅游管理、导游、接待礼仪等知识，提高专业素质；制定村旅游服务规范，统一食宿标准和价格，实行规范运营；工作队采写环线景区2万余字解说词，组织村民反复讲解，培养本村旅游导游。

"2018年时，我们打造的民宿和景区已初具雏形的消息不胫而走，四面八方的人都知道了我们村，在没有怎么宣传和没有正式营业的前提下，来我们村的游客络绎不绝，村民收入大幅提升。"熊七洲说。

"工作队免费装修了我家120平方米的3间房子，安装上点歌机、宽带、无线路由器等设备，我家养的山羊，自己种的青稞，自己做的奶茶、酸奶就是招待游客的最好美食，能够接待的游客数量也比以前多了。"库尔班开心地说。

景区质量与服务提升

"吃住行游购"都解决了，工作队开始在文化、艺术、服务三个要素上做文章。

工作队深入挖掘中华优秀传统文化，将塔吉克族传统文化与现代生活方式相结合，成立了坎尔洋村文艺演出队，组织撰写"花儿为什么这样红"大幕剧本，排练"爱情之花——花儿为什么这样红""青春之花——花儿就是这样红""民族团结之花——花儿永远这样红"三台晚会，通过舞台演出展示村民生活现状和塔吉克族风土人情，赋予《花儿为什么这样红》以新时代新内涵。

"我兼职演出一场能挣100元，一天最多的时候演出了4场。"26岁的达尼亚尔·阿热甫大学毕业以后，从河南省回到家乡，本着为家乡作贡献的想法留在村里。"村里成立了旅游合作社，非常需要人才，我现在已成为村旅游合作社的副社长，同时也是景区的金牌解说员。"达尼亚尔自豪地说。

2022年，工作队邀请自治区旅游协会、新疆大学旅游景区评定专家、地县文旅局专业人员多次到村实地进行指导，按照专业人员指导意见，成立旅游合作社，引进塔县花儿红文旅有限公司，聘请专业人员运作，挖掘出"观星台""歌曲创作故居景点""三百年塔吉克族老宅"等景点，全力打造"花儿为什么这样红"AAAA级旅游景区，力推坎尔洋村旅游扶贫产业发展。

"下一步，我们要在申请建成国家级AAAA级旅游景区的同时，兼顾好、发展好村里的养殖业和种植业，以养殖业、种植业支撑旅游业的发展，形成一套巩固提升脱贫攻坚成果的长效机制，做好脱贫攻坚和乡村振兴的有序对接。"熊七洲说。

一座座村庄美丽蝶变，一片片沃野展现新姿，越来越立体的乡村图景让受援地的人们直呼："日子越过越有盼头了，深圳援疆亚克西！"

贫瘠之地长出"致富果"

在深塔友谊大桥不远处的塔县班迪尔乡，农民事先在地里犁出了一道道沟。趁着天气不错，村里的农牧民一起出动，在地里栽下一株株沙棘苗，也种下了一个个家庭的期盼。

为发展壮大沙棘产业，深圳援疆前方指挥部发动社会力量，增加资金投入，持续扩大沙棘种植面积，为村里建冻库，建展厅，发展卫星工厂……在平均海拔超过4000米的帕米尔高原，一个新的特色产业正在顽强生长。

因地制宜发展沙棘产业

班迪尔乡群众急切盼望的深塔友谊大桥建成了，下一步如何发展特色农业？如何围绕"一乡一业一村一品"的发展思路，引导全乡因地制宜开展种植、养殖、乡村旅游等特色产业？如何拓宽农民增收渠道，助力乡村振兴？为此，深圳援疆前方指挥部提前进行谋划，为"美丽乡村"带来了"美丽经济"蓝图。

班迪尔乡有1万亩素有"维生素C之王"之称的沙棘林，因是高原沙棘，果实的维生素C含量极高，但因没有加工沙棘果这方面的技术，沙棘果每年都白白烂在了地里，十分可惜。

深圳援疆前方指挥部了解情况后，就与有意在塔县投资产业项目的深圳卓越集团联系，让沙棘果成为群众增收致富的渠道。随后，深圳卓越集团又与新疆黑果枸杞生物科技有限公司"联姻"，联合成立了塔县卓越愿臻生态农业科技有限公司，专门从事沙棘果的深加工。

2021年底，在班迪尔乡，一个占地近10亩的现代化加工生产基地已经投入

第二章　产业援疆激活力　　　　　　　　　　　　　　105

生产，沙棘原浆开始上市，产品深受消费者喜爱。工人们把一筐筐沙棘果运到烘干房烘干后再送到生产线，工人们有条不紊地忙碌着。

深圳卓越公益负责人肖兴萍介绍，他们采用"公司+合作社+农户"的模式进行分红。2022年时，由于采摘得较晚，公司只收购了50吨沙棘果，合作社仍能有30万元的收入，合作社分红可实现人均增收2000元。她说，2023年沙棘果成熟后就采摘，保证能收购300

● 农牧民采收沙棘果（受访者供图）

多吨，这样合作社就有200万元的进账。

"到2024年，要在保证村民现有年收入1.7万元的基础上实现翻一番的目标。"肖兴萍进一步解释，村民除了在合作社有分红外，还可以得到深圳卓越公益20%的股份分红。此外，村民们采摘沙棘果也有一份收入，每年采摘季，平均一个家庭就有3000—5000元的收入。这样算来，村民的收入就大大增加了，随着以后更多企业的进入，村民的幸福日子将会一天一个样啊！

肖兴萍称，深圳卓越集团以班迪尔乡为示范点，巩固脱贫攻坚成果，促进其与乡村振兴有效衔接，多元链接社会资源，到2025年，班迪尔乡将成为具有先行示范特色的"拥有以沙棘为龙头的造血产业，建设以乡卫生院为依托的村民医疗健康保障，培育以社工站为中心的公共服务机构和以乡文化站为中心的乡村文化基地"的幸福乡村新典范。

更多的村民参与进来

塔县卓越愿臻生态农业科技有限公司员工恰拉·兰盖力说，以前他靠打零工生活，每个月的收入也不稳定。现在他在公司上班每个月就拿到3500元，不但收入稳定，而且在家门口上班十分方便。他说，没想到这沙棘果还是帕米尔高原上的一棵"摇钱树"。

"我家里有6大块沙棘地，种植时只是为了防风固沙，没有采收销售。"波斯特班迪尔村村民肉扎高兴地说。后来在深圳援疆和村委会的引导帮助下，他开始采摘沙棘果出售，现在家里每年能多3000多元的销售收入。

"乡村振兴，产业是关键。"在班迪尔乡工作的深圳援疆干部谢志远兴奋地说。村民们尝到种植沙棘带来的甜头后，最近几年种植积极性有了很大提升，更多的村民参与了进来。

为发展壮大沙棘产业，深圳援疆增加资金投入，持续扩大沙棘种植面积，为村里建冻库、建展厅，发展卫星工厂，大力支持特色产业发展；接下来，深圳援疆将进一步支持班迪尔乡依托靠近县城和塔县新建机场开通的优势，大力发展农牧民经营民宿和乡村旅游等产业。

为产业振兴注入强劲动力

其实，早在沙棘产业布局前，深圳援疆已经围绕雪菊等当地特有品种开展产业振兴。塔县的班迪尔乡、提孜那甫乡两乡共同启动的雪菊工程是卓越集团在援疆公益领域打造"精准+长效"创新扶贫模式的新突破。

帕米尔雪菊生长在海拔3000米的帕米尔高原深处，雪山深处的土壤远离污染、深厚肥沃，在高寒的气候下以顽强生命力生长的帕米尔雪菊一年只能采摘一次，极其罕有——这种寄托了塔吉克民族美好希冀的雪菊花，也被当地村民称为幸福花。在发现帕米尔雪菊的优质与特别之后，卓越集团决定帮助在雪菊生长地附近的班迪尔乡、提孜那甫乡构建雪菊种植、采摘、晾晒与封箱售卖的完整产业链。

第二章 产业援疆激活力

● 塔吉克老百姓采摘雪菊（受访者供图）

  2018年，卓越集团帮助两乡建立了面积达100亩的雪菊种植基地，并签订了采购合同。3月，基地建立以后的第一批雪菊种植了下去。这些由纯净的高山雪水浇灌的雪菊花，迎着帕米尔高原上充沛的阳光热烈生长，于8月绽开了金黄色的花朵。

  对于采摘的第一批顶级雪菊，班迪尔乡、提孜那甫乡两乡的村民为了能给深圳的顾客们更好的品质，他们在进行6轮筛选和4道加工晾晒的工序后，最后将获得的雪菊花装在由卓越集团设计的具有塔吉克民族风格元素的包装盒中，飞往深圳。

  卓越集团通过打造"精准+长效"创新扶贫模式，为塔县村民创造收益，通过形成健康的、可持续的产业链，结合当地资源帮扶发展，最终让塔县人民自己掌握致富能力。

  深圳援疆前方指挥部表示，雪菊工程、打造万亩沙棘林项目等工作是着眼"三农"长远发展，推进乡村振兴的战略部署，是深圳援疆"十四五"规划重点项目。产业发展是摆脱贫困的根本之策，也是乡村振兴的长远之计。脱贫攻坚任务完成后，深圳援疆将继续把产业振兴摆在重要位置，建设现代农业产业园，综合考虑班迪尔乡等地资源禀赋、区位优势、产业基础等因素，加快形成具有市场竞争力的优势特色产业体系，以一二三产业融合发展为该乡乃至塔县可持续的产业振兴注入强劲动力。

班迪尔乡党委书记岳士芳称，班迪尔乡在深圳援疆前方指挥部的大力帮扶下，将充分发挥当地的优势资源，不断加强党建引领乡村社会治理的能力，加强党组织对乡村振兴的全面领导。积极培育果业发展新业态、新模式，增强竞争力；进一步提高果业运营、管理、服务水平，构建全乡现代果业新发展体系，拓展果业农村发展空间，让沙棘成为班迪尔乡经济做优做强的重要突破口，打造喀什地区发展现代果业的标杆，助力乡村振兴。

戈壁滩的"光与热"之歌

说起新疆，人们往往会联想到充沛的阳光，还有充足光照下孕育的各类美味水果。如果要把太阳光照利用得更充分，那答案往往会指向发展光伏新能源产业。

这正是广东援疆干部们正在探索的事——光伏产业是广东援疆2022年重点引进的产业。在南疆的戈壁滩里，建起数万亩的连片光伏板，将会是何等壮观的景象！

如今，这一充满想象力的蓝图已成为实景图。

在前往第三师图木舒克市的途中，我们途经巴楚县，走进了粤水电巴楚县200万千瓦光储一体化项目现场，看到了这一宏伟的场景：黑色的光伏面板为原本青黄相间的土地披上了"科技感"十足的外衣，奏响了这曲"光与热"之歌。

通过一块块光伏面板，光照资源源源不断地转化为清洁能源，为企业、产业发展提供了电力保障，更为喀什地区的经济社会发展注入充沛动能。

"一个不得了的数字"

"一到新疆，王再华总指挥就带着我们到各地调研，研究招商工作。那时候我们就在琢磨，当地有什么资源？我们能给当地招什么商？"来自广东省能源局的援疆干部刘再增主要负责招商工作。他敏锐地察觉到：喀什地区光照资源充沛，但还没有得到特别充分、高效地利用。

喀什地区光照资源十分丰富，年均日照时数达到2740小时，是我国太阳能资源富集区，也是新疆维吾尔自治区确定的千万千瓦级新能源集聚区。

● 黑色的光伏面板为原本青黄相间的土地披上了"科技感"十足的外衣（邹留根 摄）

要在南疆地区发展产业，不仅要看"天"，也要看"地"。

喀什地区地广人稀，尽管土地辽阔，但其中盐碱地占比不小。每到冬春交替的季节，盐碱地会出现"返碱"现象，远远望去，就像是打上了一层白霜。这样的土地，发展种植农业的难度很大。

不过，广东的援疆干部转换了思路：如果把连片的戈壁滩、盐碱地用来发展光伏新能源产业，或许可以"变废为宝"。

"根据我们的测算，100万千瓦光伏储能一体化项目，占地3万亩，一次投资60亿元。按照1600小时发电小时数和当前0.262元/千瓦时的上网电价，换算下来，就是为广大的戈壁滩带来每亩一次投资20万元，在未来连续二三十年的时间里，每年每亩收益可达到1.4万元。"刘再增说，"在南疆的荒地上，这可是一个不得了的数字！而且，光伏新能源是绝对清洁低碳的优质项目。"

在刘再增看来，发展光伏产业还有建设周期短的优势。"不同于发展农业项目，一棵果树种下，往往要经过三五年时间才能结果，而光伏项目只需要经过一年多的施工建设，就能够开始发挥作用了。"

在这样的模式下，南疆广袤的土地、充沛的光照资源，就成了光伏产业发展的双重优势。

随后，广东援疆迅速划定了光伏产业发展的路线图——在喀什和第三师图木舒克市大规模发展光伏，再以光伏规模化发展为依托，建设一批储能、逆变器、光伏支架等光伏产业链项目。

投资最大的援疆项目正式落地

2022年，广东援疆成功促成广东省能源集团、广东省建工集团、深圳能源集团三家能源国企在南疆共同建设2000万千瓦光伏项目和一批清洁煤电、抽水蓄能等现代能源产业项目，项目总投资1220亿元。这一项目全部建成后，将成为迄今为止投资最大的援疆项目。

同年9月，总投资约120亿元的粤水电巴楚县200万千瓦光储一体化项目开工建设。该项目是南疆千万千瓦级新能源基地项目中的一个。

新疆粤水电能源有限公司副总经理高飚介绍，项目总容量200万千瓦，将安装500多万块光伏组件，同时配套建设3座220千伏光伏汇集站。项目预计到2024年建成，建成后年发电量约30亿千瓦时。

"粤水电巴楚县200万千瓦光储一体化项目是巴楚县新能源产业基地五期项目，也是广东省产业援疆2000万千瓦光伏发电项目的组成部分。"高飚说。这一项目建设期预计每年用工2200人，建成后新增就业岗位约270个，产业基地项目全部建成投产后，年发电量预计可达46亿千瓦时。

接下来，粤水电巴楚县200万千瓦光储一体化项目的建设，还将有力带动喀什地区光伏装备制造业发展，进一步延长光伏产业链条。

创造一个未来十年可持续成长的市场

光伏产业项目接连落地，不仅为南疆乃至周边地区带来了投资，提供了电力保障，更为喀什的发展创造了更广阔的想象空间。

"这不是一两年就可以干完的事。"在刘再增看来，虽然光伏项目的建设周期短，但要发展光伏产业，则需要用长线布局的思维，长远考虑项目的可持续发展。

一方面，如果2000万千瓦光伏发电项目在短时间内全部落地，不仅会给项目运维带来挑战，而且，如此巨大的发电量是否有足够多的企业、产业消耗，也是个问题。广东援疆的思路是，一边推动光伏产业项目落地，一边引进相对高耗能的制造业产业项目，以此形成良性循环。

而另一方面，如果把这一投资最大的援疆项目的"成长线"拉长到十年，这就相当于为当地创造了一个在未来十年可持续成长的市场，更有利于光伏产业的招商引资。

按照"引进一个龙头、带动一个产业、形成一个集群"的发展思路，广东援疆正抓紧与上下游产业对接，着力引进一批储能、制氢、矿冶、锂电池，以及光伏支架、组件原材料加工、组件边框制造、组件封装等光伏产业链企业。

"最近一段时间，广东援疆干部们带着我们走遍了全国光伏产业发展相对成熟的省份，就为了办好招商这件事。"高飙对此深有体会。

高飙介绍："我们在喀什发展光伏产业，除了为当地创造就业机会，还要引进一些高端制造业。广东提出要推动实现高质量发展，沿着这个方向，我们也在喀什成立了装备集团，主要生产风机塔筒、光伏支架等配套产品。"

喀什地委副书记、广东省前指总指挥王再华说："在喀什、三师各打造一个光伏产业园，完全符合国家'双碳'政策和能源布局要求，可充分发挥南疆在光热资源、土地资源、政策资源等各方面的优势，更可以为受援地产业升级、经济发展、群众就业注入源源不断的动力。"

ZHUSHUI
RUN
TIANSHAN

第三章
智力援疆筑未来

以铸牢中华民族共同体意识为主线，不断巩固各民族大团结，是习近平总书记的关切事。

在2022年视察新疆时，习近平总书记强调，中华优秀传统文化教育抓早抓小、久久为功、潜移默化、耳濡目染，有利于夯实传承中华优秀传统文化的根基。聚焦根本性、基础性、长远性工作，是广东"组团式"智力援疆的重要要求；而潜移默化筑牢新疆青少年"民族魂"，是广东完整准确贯彻新时代党的治疆方略的重要任务。

漫步于南疆的大街小巷，我们发现，熟练使用普通话的年轻人越来越多，而且越小的孩子普通话水平越好。在年轻人的带动下，"学习国家通用语言"成了南疆的新风尚，国家通用语言教育从学校进一步向农村和企业拓展。

国家通用语言在喀什地区迅速普及，得益于广东"组团式"教育援疆教师们的精心设计。在托克扎克镇中心小学的特色课堂上，学生们认真写下"中国"二字，隶书古拙端正，仿佛穿越千年；在疏附县第三中学，红色宣讲员帕提麦神采奕奕地向来客讲述新中国史和党史；在第三师图木舒克市第一中学，各族孩子们在实习支教老师的指挥下唱起本族民歌；一场跨越万里的梦想接力，让更多喀什的孩子点燃征战世界杯的梦想……

在广东援疆打造的一个个项目中，各族青少年从小就树立了正确的国家观、历史观、民族观、文化观、宗教观，铸牢了中华民族共同体意识。

流利熟练地掌握普通话，成了不少青少年走出喀什、走向全国的"金钥匙"。学好国家通用的语言文字，一系列技能教育的大门随之向他们打开。在喀什技师学院，学生们扎实钻研机电工程、汽车维修等专业知识，刻苦钻研的劲头让广东援疆老师们赞叹不已。随着一块块奖牌、一张张证书填满学校的荣誉墙，这所3年实现"三级跳"的技师学院现已成为南疆职业教育的金字招牌。

走访过程中，我们听到许多群众反馈新疆地域辽阔，交通路网不如东部沿海发达，"家门口就能上大学"是南疆各族群众的共同期盼。而如今，喀什大学新泉校区的落成，使这一理想照进现实。依托喀什大学，广东援疆还搭建起完善的思想政治教育体系，少数民族学生和汉族学生在同一课堂，以同一标准学习马克思主义中国化的最新成果，以科学的世界观、方法论认识世界。一座坚强的基层战斗堡垒扎根于喀什，党旗在南疆大地上高高飘扬。如今，喀什大学还将在原校本部开展医学院建设，本地没有医学院的漫长历史将迎来转折。

百年大计，教育为本。文化认同是最深层次的认同，随着文化润疆在喀什深入开展，粤喀两地青少年交流也愈发频繁。珠水天山同心，幸福"疆"来可期。

特色课堂

喀什地区疏附县托克扎克镇中心小学（简称"托镇中心小学"）学生古丽佐合热·阿卜杜克热木说，她的理想是成为一名老师。"长大后我要去北京上学。"古丽佐合热说。

2014年，习近平总书记视察托镇中心小学，叮嘱老师们："少数民族孩子双语教育要抓好，学好汉语将来找工作会方便些，更重要的是能为促进民族团结多作贡献。"9年来，学习国家通用语言文字在学校里蔚然成风，像古丽佐合热一样的孩子越来越多。

而在广东援疆干部的帮助下，学习国家通用语言文字有了更多的形式，合唱、朗诵、书法等形式，让少数民族孩子在发挥艺术天赋的同时扎实学习。在如今的托镇中心小学书法教室里，一份份隶书习作渐见章法，字里行间饱含着浓浓的家国情怀；伴随着"红孩儿"红色小宣讲员的宣讲，琅琅书声飞出校园，党的理念深入人心。

特别的书法课

我们走进托镇中心小学时，正是南疆的中午。学生们在食堂刚刚吃罢午饭，金灿灿的阳光洒向崭新的校舍，午休的校园充斥着独特的静谧。

从一栋老旧平房到气派的现代化教学大楼，从土操场到塑胶跑道，从破旧的食堂到拥有净化水设备的明亮学生餐厅，从无到有的书法教室、科学实验室……自2014年习近平总书记视察托镇中心小学后至今，学校的设施已焕然一新。

"旱厕改建为水冲式厕所，绿化覆盖整个校园，消防设施改造升级，学生食堂进行了翻新，新建了'四史'馆和思政科技馆、少年宫等，打造爱国主义走廊、文化长廊,学校的软硬件全部焕然一新。"托镇中心小学党支部书记姚红玉说。如今,托镇中心小学教学班由原来的12个发展到26个,在校学生由原来的410人增加到1300余人。

托镇中心小学校长阿伊努尔·阿卜杜喀迪尔始终牢记习近平总书记的嘱托,以文化人,让各民族孩子从小就在心里播下民族团结的种子。他说:"9年来,总书记的话我一直记在心里。总书记离开学校时,询问当地学生初中毕业后升高中的情况,嘱咐老师们:'少数民族孩子双语教育要抓好,学好汉语将来找工作会方便些,更重要的是能为促进民族团结多作贡献。'"

而基础设施的不断完善,使丰富多彩的课堂活动有了"用武之地",习近平总书记抓好少数民族孩子双语教育的期盼,也通过丰富的形式得到实现。

托镇中心小学党支部书记姚红玉说,这些年,各族群众送子女学习国家通用语言文字的热情空前高涨。"我们也成为喀什地区率先实现小学一至六年级国家通用语言文字教学全覆盖的农村学校。"姚红玉说。

有热情,也要讲方法。为了更好满足当地群众学习国家通用语言文字需

● 喀什疏附县推进双语教育,图为托镇中心小学的学生在上用普通话教学的数学课(王良珏 摄)

求，广州援疆支教团书法教师们自己动手参与书法教室的环境布置工作，并主动担任书法社团的教学辅导工作。

扎镇中心小学的特色课堂教室里，一幅幅隶书习作墨迹初干，淡淡松烟香扑面而来。细看习作，一个个汉字已颇得章法，蚕头燕尾的笔画之间，广州援疆干部、疏附县教育局副局长禤乐钰看到的是孩子们的飞速成长。

"孩子们的运笔、结字都比上次来看好了很多，一看便知既有名师指点，又有过人天赋，还有勤学苦练！"禤乐钰欣慰地说。之所以选择隶书，是因为其承自小篆，启楷、行、草等多种书体，对于民族群众而言，这种似文似画的字体特别能激发当地孩子过人的艺术天赋，在书法课堂中既巩固汉字知识，又得到美的熏陶。笔者看到，一间书法大教室，老师的示范和学生的优秀习作已经挂满了教室的四壁，30多张桌子上，无一不放满了学生习作，可见书法课的受欢迎程度。

除书法课堂外，广州援疆教师们还积极促成学生合唱团，组织经典诵读、诗歌朗诵、合唱等活动，以寓教于乐的方式帮助各民族学生扎实提高国家通用语言能力。"以前我的普通话发音不标准，现在我不仅能说一口流利的普通

● 疏附县第三中学，学生们正在练习戏剧（金镝　摄）

话,还能在舞台上表演诗朗诵。"古丽佐合热说。

托镇中心小学各族教师始终牢记习近平总书记的嘱托,把学生的事作为头等大事来办。一年来,学校开展丰富多彩的"民族团结一家亲""三进两联一交友"活动,全校教师都与学生、家长结对认亲,家访700余人次,帮助解决学生困难,真正做到家校零距离,用爱滋润学生心田。

得益于此,自2020年以来,托镇中心小学有30名同学考入新疆区内初中班。而发生喜人变化的不止托镇中心小学——时至今日,新疆已实现适龄儿童和青少年就学全覆盖、国家通用语言文字教学全覆盖,全域通过国家义务教育基本均衡评估认定。

"红孩儿"讲党史

在学生们的众多书法习作中,一幅"中国人"习作尤为引人注目,小作者的笔法虽然稚嫩,但古朴的隶书笔画中不经意的枯笔飞白,竟让书法作品有了一丝历史的厚重感。从张骞出使西域,到耿恭归玉门,波磔隶书在南疆落地生根逾两千年,早已与其记录的慨然往事一道,成为南疆历史文化的一部分。

历史与文字,是中华民族独特的文化纽带,在历史的呼吸间,我们跨越珠水天山,共享沙丘驼铃、起义烽火。在疏附县第三中学,"红孩儿"红色小宣讲员帕提麦双手端放腰间,神采奕奕地向来客讲述新中国史和党史。像这样的"红孩儿"红色小宣讲员,在疏附还有1000余名。据统计,疏附县目前已组建"红孩儿"宣讲团200余支,校内开展宣讲活动1400余次。

"文化润疆需筑牢文化自觉。一方面,推进中华优秀传统文化进校园工程;另一方面,实施思政教育'红色筑基'工程。"禤乐钰介绍,要将红色火种根植于当地教师队伍和青少年的心灵深处。

"讲解过程中,我深化了对当代史的理解,一些案例甚至可以用在语文、历史考试中。"帕提麦和其他红色小宣讲员都觉得,学习和宣讲国史党史本身就是开阔眼界的好办法。

对于少数民族孩子来说,许多历史大事件的舞台离他们有些遥远,在思政、历史课堂上,知识点互相孤立,难以串联。而通过"红孩儿"校内宣讲活动,这些知识点一下"活"了起来。

● "红孩儿"红色小宣讲员帕提麦正在讲党史（邵一弘 摄）

在广州援疆教师、政治教师赵效民看来，少数民族学生在学习知识时，特别擅长活学活用，课堂参与也更加积极。面对老师的提问，大家回答、发言特别踊跃。"遇到不懂的地方，同学们也不怯，一来二去很快就把知识掌握住了。"赵效民说。

该校副校长米丽古·艾拜介绍，"红孩儿"们为身边的同学、家长、社会群体开展宣讲，让党的理念深入人心。新疆各族群众能歌善舞，讲起故事来绘声绘色，"红孩儿"们说，一大家人围炉夜话时，长辈听孩子们讲学校见闻，这种传播方式效果出奇地好。

"现在爸妈的普通话水平已经不如我，我就把学到的知识一半维语、一半普通话地跟他们说，时间长了，爸妈的普通话水平好像也提高了。"帕提麦告诉我们。

目前，疏附县已建立22个"红色筑基"爱国主义教育基地，成为学生思政课"打卡地"。

思想文化熏陶的同时，广州援疆工作创新拓展智力支援，高规格助推人员互动、技术互学：通过充分发挥援派单位优势，探索实行"组团式"援疆模式，结合岗位需要，逐步形成灵活科学的"一对一、多层次、全覆盖"的人才援疆格局。

镬气升腾，菜香四溢。在疏附县职业高中的中餐烹饪班教室，广州援疆教师、广东省技术能手陈国永一边示范，一边讲解烹饪理论。"他手把手向我传授刀工、勺工、翻炒等专业技能，带领我从厨房'小白'成长为大厨，并且顺利拿到了中级中式烹调师的资格证。"该校教师赛乃外尔·巴亚吉说。

百年大计，教育为本。随着粤新两地人文荟萃、技艺相传，一个崭新光明的"疆"来新图景正在徐徐铺开。

"我要征战世界杯！"

喀什疏附县明德小学足球队每一位运动员的球衣背后，都印着四个大字：广东援疆。

过人、直塞、长传……校园的球场上，足球小将们踢得有模有样。"尽管在队里的大哥们看来我的足球技术还是菜鸟级别的，但通过训练，我知道了足球的一些基本技巧，也知道了团结协作的重要。现在我已经不是原来的我了。"队员祖拜尔如是说。

2017年起，广东在19个对口援疆省市中率先开展足球教育援疆。广东将广州市对口支援的疏附县作为试点，投入近800万元在疏附县建设足球场地，并建设校园足球四级体系，实现校园足球从幼儿园到高中全覆盖。截至2023年初，已建成10所中学、12所小学青少年足球训练基地，培养校园足球队200多支。

不是所有人都可以成为足球明星，但是所有人都可以成为足球爱好者。广东足球教育援疆开展以来，像祖拜尔这样的孩子都有了改变性格、提升体质的好机会。

一场跨越万里的梦想接力，正在改变着越来越多喀什少年的人生。

奔跑吧，新疆的足球小将！

"艾力，快！这边！"接过队长伊力亚斯·伊敏的传球后，麦麦提艾力·肉孜（艾力）快速进攻，脚下几个假动作晃过两名防守队员后，直接射门，球进了！又得了一分。

下午5时，新疆的阳光依然强烈。喀什疏附县明德小学新修建的标准化绿茵场上，一场足球训练赛正在紧张进行。而在一年前，这里的足球场还是泥土地，一踢球就尘土飞扬，当地学生称之为"云雾球场"。

11岁的艾力就读于5年级4班，2017年加入学校足球队。"那一年来了广东教练，我看到他在操场挑选球员，就报了名。"初次接触足球的场景，他记忆犹新。

"广东教练"的到来，让明德小学的足球运动驶入了专业教学的快车道。

足球队的学生们，全是当地少数民族孩子。"第一次见到新疆孩子时，他们的眼睛就像帕米尔高原上的雪水一样清澈明亮，充满了对足球运动的渴望。"2017年9月刚到明德小学，看到孩子们在泥土球场上踢球扬起滚滚沙尘，教练心里很是触动。

"最夸张的是有个小孩穿着凉鞋，他生怕把凉鞋踢坏了，光着脚训练了整整一下午。当时，我就下决心，一定要教好他们！"

与竞技足球不同，校园足球更注重普及，让更多的孩子参与进来。在来自广东的足球教练的努力下，明德小学做到了班班都有足球队、周周都有足球赛。

教练还组织举办了全校班级足球联赛，按照国际足球比赛的流程进行。每场比赛之前都要升国旗唱国歌，增强学生的爱国热情。

同样发生变化的，还有伽师县第二中学。

作为这所国家级足球特色学校的足球总教练，尼亚孜·吾守尔可谓鼎鼎有名，早在2017年9月便作为喀什地区教练员代表赴法国参加了足球教练员培训，2018年曾带领男子足球队获得南疆地区中小学足球比赛亚军。

近年来，伽师二中在佛山援疆教师的技术指导下，大力开展学校足球队建设，在全县范围招收具有足球特长的学生，学生通过筛选入选学校足球队后每日进行集中训练。2019年，伽师二中在自治区青少年校园足球联赛南疆片区总决赛中斩获第二名，并挺进新疆总决赛。

广东援疆驻伽师支教团第二批老师来到伽师二中后，尼亚孜·吾守尔灵光一闪：当地孩子们的体格基础好，何不在这个基础上组建一支女子足球队，让她们能有更美好的追求？

当地首支女子足球队，就这样诞生在伽师二中的校园里。

队员们的球服、球鞋、足球都印着广东援疆标志，学校球场也用广东援疆资金翻新了草皮，广东援疆驻伽师支教团的老师们还在计划着让男女足球队去广东看龙舟，喝粤式早茶。

"就感觉女孩子踢球特别威风、特别帅！"2020年读初一的米娜瓦尔·库尔班在石河子上小学时就开始接触足球，听说伽师二中要组建女子足球队，她第一个报名。

训练强度大、要求高，女孩子们难免会有些情绪，已经身为队长的米娜瓦尔鼓励大家："老师们不是说要带我们去广东看看吗？还要和广东学校的女子足球队比比身手，那我们不能丢脸啊！"她带动身边的同学一起，每天早上8时，当地天刚蒙蒙亮的时候就起床跑步、绕杆、传球，下午别人上自习课，她们也风雨无阻跑圈训练。

女子足球风风火火，男孩子也不能落后。

"我希望能去广东和依木然一起踢球！"为了实现足球梦，每天早上7时，喀什地区天还没亮，艾力就来到学校，完成2小时足球训练再上课。每天放学后，他还和小伙伴一起用纸做的足球在小区练习踢球。他还要哥哥帮忙找巴西球星内马尔的比赛视频，在手机中反复观看，学习技术。

一颗"走出喀什，去广东踢球"的梦想种子，深深种在了艾力、米娜瓦尔这些新疆孩子的心中。

"这一切就像做梦一样"

足球，这项世界第一运动，将新疆与广东万千孩子的命运紧紧联系在一起。

就在艾力全心练球的同时，在万里之外位于广东省梅州市梅县区雁洋镇的富力足球学校里，同样来自明德小学的依木然·吐尔逊刚刚结束06梯队的足球集训。

2018年9月，富力足球学校来到新疆选拔学生。彼时，还在上五年级的依木然因出色的足球脚法被选中，作为第一位走出喀什的足球少年，他成为广东足球教育援疆项目中唯一进入专业足球学校学习的典型，也成了喀什地区的校园足球明星、热爱足球的青少年们心中的榜样。

"能够来到广东富力踢球，这一切就像做梦一样。如果没有广东援疆队，我不可能有机会。"球场上，依木然回忆起录取的时刻仍然难掩激动。结束试训返程途中接到了学校的录取电话，我马上打电话告诉了远在喀什的爸爸妈妈。"

好消息迅速在疏附县传开，明德小学党支部书记蒋德岭表示，这是疏附县多年来足球教育零的突破。

不过，初到广东，依木然的足球水平与其他队员相比还有一定差距。

为了提升水平，依木然在周末向其他优秀的球员请教学习，也会约着新疆学生一起练球。他的两个室友一个来自广州，一个来自潮州，三人常常在寝室切磋球技。经过半年的努力，依木然球技进步不少，目前在球队踢后卫或中场。

2019年9月，依木然所在的球队拿下了湛江市青少年锦标赛冠军，这是他来广东求学后获得的第一座奖杯。"拿到冠军的那一刻，感觉自信又回来了！"依木然说。

在广东援疆的帮助下，越来越多的喀什少年来到广东追逐足球梦想。

"比赛太精彩了！"佛山华英学校，11岁的谢依代站在场边看着佛山与伽师两地队员在赛场上精湛的脚法、默契的配合，兴奋地大呼过瘾。

2021年10月5日，新疆伽师校园足球队抵达佛山，开启为期9天的"佛伽校园足球手拉手"交流活动。9天里，伽师学生在佛山华英学校参加集训，与该学校的足球队、教工队进行了两场友谊赛，还到祖庙等文博场馆感受岭南文化魅力。

谢依代所在的伽师县巴仁镇第三小学足球队是伽师县中小学生足球赛冠军队伍，她因此获得了到佛山交流学习的机会，"第一次来佛山，印象最深刻的就是这里的足球队员踢得太棒了！"

在东莞，2019年8月6日下午，第三师图木舒克市五十一团第一小学12名足球少年与东莞约翰足球俱乐部少年学员的比赛正酣。

"这次训练使我懂得了我们这整个足球队是一个团队，要团结，不管球进没进都要拿出所有实力。"新疆队球员安凯热·凯赛尔一边擦拭汗水一边说。

三年前，来自广东省东莞市大岭山镇连平小学的援疆教师姚姣妮，到四十一团中学（九年一贯制学校）援疆支教，在疆期间，她利用自身特长，把广东先进的足球理念和战术带到四十一团中学，组建了新的校队。

此后，驻第三师图木舒克市援疆工作队的足球教育援疆，让更多孩子爱上踢球，并有机会到广东切磋球技：2017年组织15名在校学生赴莞参与足球夏令营；2018年在四十一团草湖镇举办2018年"广东援疆杯"第三师图木舒克市小学生男子足球邀请赛，2019年8月组织青少年"手拉手"夏令营活动，第三师图木舒克市的足球少年们前往麻涌一中足球训练基地等开展多场交流比赛……

打开的世界是双重的：足球运动意味着生活乃至职业发展的更多可能，远赴广东意味着人生成长的更多空间。

"那是我人生中第一次坐飞机，第一次离开家乡喀什去祖国其他地方。"艾力回忆说因为晕机中途吐了，但他还是很激动，忍不住地望向窗外的天空。

那是2019年1月，新疆疏附县青少年足球队冬训在广东省梅州市富力足球学校举行。艾力和来自疏附县明德小学、托克扎克镇中心小学的22位学生参与了冬训。其间，除了接受富力足球学校外籍教练的专业训练，他们还与梅州当地小学足球队进行了交流比赛。

来到富力足球学校后，艾力见到了依木然，两个人一起踢了好几场球。"我要好好练球，以后要超过依木然。"艾力说。

● 广东援疆开展青少年足球夏令营活动（受访者供图）

"足球教育援疆，援的是希望、梦想和未来"

一记漂亮的凌空踢，足球准确射入十米开外牛圈饲料房的小窗户里，这一幕总能让疏附县的"足球小子"们热血沸腾，这个勇于逐梦、热爱足球的小伙子努尔买买提，已经成为疏附县"足球小子"们心目中的"偶像"和"英雄"。

2021年底，广州援疆工作队因势利导，正式启动疏附县"努尔飞腿"冬季足球训练营，疏附县委副书记、广州援疆工作队队长郭文还为疏附县教育局捐赠训练服装并聘请努尔买买提为训练营荣誉教练。

被称为"努尔飞腿"的努尔买买提，两三年前开始在社交平台上发布自己训练的视频，视频中他精准的射门和接地气的训练环境，让他收获了超过70万的粉丝，160余条视频获赞近900万，成了名副其实的"草根足球网红"。当他得知广州援疆工作队要组织冬季训练营时，非常兴奋。"我一直有一个足球梦，小时候只能在土操场上踢球，现在广州援疆工作队为热爱足球的弟弟妹妹新修了足球场，我受邀担任本次训练营的教练，一定不辜负期望，做好训练。"

明德小学的祖拜尔原本是一个性格内向、身体孱弱的男孩儿，学习成绩也一直不好。"努尔飞腿"足球训练营开营后，在老师和家长的鼓励下，祖拜尔来到了训练营。

一开始，大家担心的一幕还是发生了：祖拜尔什么都不会，站在球场上，一动不动，不知所措。"可是训练营的老师和队友没有嘲笑我，他们教我足球规则、训练技巧，经过一段时间的训练，我慢慢地克服了恐惧，掌握了踢球的基本功和技巧，在比赛中也和队友配合得很默契，不仅技术取得了教练的认可，更重要的是我交到了很多好朋友。"祖拜尔每次说到足球，总是侃侃而谈，与原本内向胆小的他判若两人。

因为足球，更多孩子的眼界、性格都在潜移默化中发生了改变。

"在网上看到努尔哥哥踢球的视频，被震撼到了，没想到在广州援疆的支持下，他成了我的教练，我一定好好跟努尔哥哥学技术，争取在'石榴籽'杯足球锦标赛上踢出风采，未来我还要去广州踢比赛。"见到偶像的塔依尔·吾布力非常开心，迫不及待地展示自己的球技。

● 广州援疆工作队举办疏附县"努尔飞腿"冬季足球训练营（受访者供图）

    同在训练营的麦吾兰·麦麦提在三年前加入足球队。他告诉我们，他哥哥是第一批广东足球教育援疆的受益者，2018年，哥哥去广州参加足球比赛，因成绩优秀，入选了国家足球队，现在是全村的骄傲。哥哥的成功就是他的榜样，他那个时候小，足球队不收，等到了三年级年龄够了，他立刻报名加入了学校的足球队。

    为了能和哥哥一样出色，年仅10岁的麦吾兰每天一练就是五六个小时，夏天的太阳火辣辣的，晒得人头晕，麦吾兰好几次中暑晕倒。为了踢球，他还多次受伤，一次摔倒手骨折了，还有一次为了练好教练教的"彩虹过人"技巧折断了手指，钻心的疼痛让麦吾兰咬破了嘴唇。可是再疼、再苦、再累，也没有磨灭他对足球的热爱。

    "我很佩服努尔哥哥，他的毅力和技巧非常值得我学习，我希望我练好足球，也能和我哥哥一样进国家队，征战世界杯。"麦吾兰说。

    广东足球教育援疆工作开展以来，广州援疆工作队投入援疆资金，修建标准化足球场及塑胶跑道，建成了疏附县托克扎克镇中心小学、明德小学等20

个校园足球基地,还邀请广州体育学院足球教练赴疏附县指导培训,组建了60余支青少年足球队。每年,广东省前指牵头,广州援疆工作队承办中小学"石榴籽"杯足球锦标赛,并提供100万元资金支持。迄今,"石榴籽"杯足球锦标赛已成功举办5届。

更多新疆孩子的命运,因为足球,因为广东援疆的帮扶,就此改变。

"正在富力足球学校就读初中一年级的依木然,要交纳每年数万元的训练、生活等费用,这对于收入不高的家庭来说,是一个非常大的负担……希望能够帮助依木然解决求学的困难。"2020年5月,第九批广州援疆干部赴明德小学进行调研时,收到了一位父亲的请求。

此前免费就读富力足球学校的依木然,升入初中后需要交纳每年3万元的学费,这给本不富裕的家庭带来经济压力。获悉依木然的情况后,"不能让孩子错失这难得的机会"成为广州援疆工作队干部的共同心声。在短短的两三天内,广州援疆工作队与富力足球学校达成共识,双方共同资助依木然,帮助他克服困难、继续学业。

"足球教育援疆,援的是希望、梦想和未来。"用广州援疆工作队队长郭文的话说,足球教育援疆项目发掘出依木然的足球天赋,帮助他走向更专业的平台,拥有了实现梦想的机会。

广东援疆干部是这样说的,也是这样做的。

"如果没有广州援疆工作队,就不可能实现我的足球梦。"2022年8月2日,疏附县明德小学足球训练场一派火热,已是足球"明星"的学生依木然·吐尔逊利用暑假正和同学们一起切磋球艺。

第三师图木舒克市2015年开始在各校组建校园足球队。努尔艾合买提·吐地带领他的学生们进入了兵团校园足球队的前列,2021年他们在第三师图木舒克市校园足球总决赛取得了高中男子组冠军。许多维吾尔族孩子因入选"最佳阵容"而参加了兵团组织的足球夏令营,代表兵团到内地参赛、学习、交流。

这一切都离不开东莞援疆工作队的支持。东莞援疆工作队不仅关心校园足球队的训练发展,还专门从东莞请来了专业教练现场指导,帮助大家提升技术水平。2020年,东莞援疆工作队借助互联网,打造了粤新两地足球交流的平台,两地学生通过多种多媒体技术手段共同交流、共同进步。

"很荣幸,近几年我们有了外出学习的机会,不仅提升了足球技术,还领略到真正的足球文化,将来一定把这些传递给更多的新疆孩子。"维吾尔族孩子马依奴·色米和迪拉吾尔·黑力力说。

技师学院"三级跳"

"用胡杨精神育人 为兴疆固边服务",巨大的标语下,喀什技师学院的一群群学生正匆匆赶往知识的殿堂。背靠天山南麓,喀什技师学院一座座崭新校舍、实训基地已拔地而起。近年来,在广东援疆的大力帮扶下,喀什技师学院的教学水平直线提升,在全疆、全国获奖频频。

从技工学校起步,到高级技工学校,再到技师学院,喀什技师学院自2015年起实现"三级跳"。现在,喀什技师学院在校生已超1万名,成为南疆规模最大的技师学院。在当地学生口中,"喀技师"已成为就业的"金字招牌","广东技工"工程在南疆落地生根。

热门专业这样打造

2022年9月10日既是中秋节,又是教师节。节日前夕,喀什技师学院烹饪工艺系的老师们在面点实训室齐聚一堂,变身月饼制作达人,备好面团,包上饼馅,压出饼形,在大家团结协作下,多种口味的月饼纷纷出炉,实训室中充满着热烈欢快的气息。

近年来,传统中西餐菜肴和民族特色菜肴并重的教学风格,使烹饪专业成为喀什技师学院最热门的专业之一。学生技能学成之后,既可以选择在本地就业,也可以走向全疆乃至全国。

从技工学校到技师学院,在专业设计上关注当地需求,侧重就业导向,贯穿着喀什技师学院"升级"的全过程。与烹饪专业类似,喀什技师学院机电工程、美容美发等专业也受到学生欢迎,这背后都离不开广东教师的帮助。

比如,为提高教师的技能水平与教学能力,惠州市技师学院援疆干部、喀什技师学院机电工程系主任张许梅指导系部开展分级、分层次专业技能提升校

● 喀什技师学院（邵一弘　摄）

本培训，选出专业带头人，确定专业学习方向和内容，安排教师分组学习专业知识并进行技能训练。同时，她还利用教研活动和寒暑假时间，对机电系教师集中进行专业一体化教学能力培训。

不但自身技术过硬，而且乐于传授技巧，是广东援疆教师的共同特点。近年来，喀什技师学院还组织多批次教师到广东省轻工业技师学院、广州市白云工商技师学院等广东技工院校跟岗实习，将各学校、各专业先进经验带回喀什，助力喀什的技工教育高速发展。在广东援疆教师的悉心帮助下，喀什技师学院教师连创佳绩：

2020年，张许梅指导的教师在校一体化教案评比、新疆维吾尔自治区教学能力大赛、自治区"机电一体化技术"技能大赛中获得优异成绩，张老师也因此获得"优秀指导教师"的荣誉称号。

2021年全国乡村振兴职业技能大赛上，喀什技师学院获得金牌一枚、银牌一枚、铜牌一枚、优胜奖两枚，2名选手荣获"全国技术能手"称号，17名指导教师被评为"优秀指导教师"，竞赛成绩名列全疆技工学校前茅。

2022年8月，第三届新疆技工院校教师职业能力大赛暨第三届全国技工院校教师职业能力大赛新疆区选拔赛上，喀什技师学院张媛、司东升、吴玉洁、阿瓦力江·赛力克、刘建成5位参赛教师取得名次，学院荣获优秀组织奖。

在广东省人社厅及该省技工院校的全面帮扶下，2015年至2017年，喀什技师学院实现办学层次从技工学校到高级技工学校、再到技师学院的"三级跳"，成为喀什地区唯一一所培养高素质技能人才的技师学院。近年来，喀什技师学院更进一步，"喀技师"品牌在全疆打响，成为学生就业的"金字招牌"。

产业工人这样培育

喀什技师学院实现"三级跳"的背后，"粤菜师傅""广东技工""南粤家政"三项工程的身影清晰可见。其中，"广东技工"工程是广东省委、省政府推动的一项系统工程，旨在健全技能人才培养、使用、评价、激励制度，加快培养大批高素质劳动者和技术技能人才，服务制造业高质量发展，促进更加

● 喀什技师学院，粤菜师傅正在培训高级班学生（金镝 摄）

充分更高质量就业。

"对于学生个人而言，有一项熟练技能傍身，走遍四海都有底气；对于喀什地区而言，有一支掌握技术的产业工人队伍，当地对企业的吸引力相应提高，潜在发展机会更多。"广东技工教育援疆工作队队长、喀什技师学院副院长李明说。

新疆地域辽阔，清洁能源丰富，适合新能源汽车等行业发展；而对口支援喀什的广东坐拥广汽、比亚迪、小鹏等众多头部车企，两者可谓"天作之合"。

因此，近年来，喀什技师学院在广东援疆教师的帮助下，汽车修理等专业也受到企业、师生的一致欢迎。在喀什技师学院的实训车间，学生自己动手制作、修复的汽车零部件随处可见，更有学生小组综合应用焊接、电工等工艺，制作了一辆新能源汽车，摆放在车间显眼位置。

"每年实习季，汽车维修等几个专业的学生都'供不应求'，不少企业提前到三四月就开始与我们洽谈，沟通实习生名额人数等。这也使我们有了进一步扩招的底气。"李明说。新疆地域广阔，出行高度依赖汽车，对汽车的整备、维护、保养等要求很高。学生在汽车4S店等实习、就业，不仅迅速掌握了技能，收入也与当地基层公务员几乎持平，相当可观。

除汽车维修外，喀什技师学院的电子商务、畜牧兽医、服装设计等专业也正迅速成长起来。2020年，在全球新冠疫情形势严峻复杂的情况下，喀什技师学院顺利完成了2018级学生的职业技能鉴定考试工作，共有2100余名学生报名7个工种的鉴定。如今，当年的报考学生已拿着职业等级证书走向企业、实现就业，成为家乡发展的栋梁之材。

据统计，喀什技师学院在校学生已超过1万人，每年可以培养高技能人才4500余人，为当地经济社会发展提供源源不断的高技术"生力军"。

技能教育这样普及

人才援疆、智力援疆是提升新疆发展软实力的重要举措。

2020年12月3日，第十六届"振兴杯"全国技能大赛职工组决赛在沈阳圆满落下帷幕。大赛中，全国31个省、自治区、直辖市和新疆生产建设兵团代表队，29家中央企业，2家行业代表队，共321名参赛选手同场竞技，新疆代表团疏附县职业高中的选手王旭东、车伟强两位教师分别获得职工组"模具工（冲压）"赛项金奖和银奖。

这是新疆代表团参赛以来取得的最好成绩。担任此次大赛指导教师的模具工高级技师郭毅榔，是来自广州市番禺区职业技术学校的援疆教师。此前，郭毅榔已多次带领学生参加全国职业技术院校技能大赛，并取得优异成绩。

"要让偏远地区的青年教师了解到最前沿的制造技术，让他们能够再培养出更多的技能型人才服务当地经济建设，为当地留下一支撤不走的高水平技能教师队伍，走出一条技能扶贫的新路，将爱挥洒在祖国美丽的边陲。"郭毅榔说。

疏附县职业高中是当地唯一一所职业学校，也是广州市对口帮扶对象，广州援疆把推进引智"造血"作为智力援疆的核心任务，在资金和人才方面给予帮扶。疏附县职业高中的援疆骨干教师充分发挥"传帮带"作用，一年多以来共培养了3名青年教师、50名左右学生，师生的技能水平得到很大的提高。

同为喀什地区10县1州之一的伽师县，16万劳动力虽然全部实现"一人一岗就业"，但大部分从事体力型、技术含量低的工作，技能水平不高，尤其缺乏中、高级技能人才。为解决这一难题，佛山、伽师两地人社部门联手，以伽师县技工学校为试点，借助佛山"职教品牌"，引进佛山职业院校的教学理念、管理模式、骨干人才，探索新型校际合作发展模式，希望借此机会，进一步加强职业技能培训，为伽师培养合格的技能人才。

两地积极落实行动，佛山市技师学院邀请伽师县人社局、伽师县技工学校一行前往佛山参观学习。在考察过程中，佛山市技师学院与伽师县技工学校签订了《广东省佛山市技师学院对口帮扶伽师县技工学校框架协议书》，双方约定将通过线上线下相结合的形式，从管理、教学等多个层面进行深度结对，再度实现跨越万里的校际"联姻"。

根据协议，佛山市技师学院将通过举办专题经验交流会、选派优秀教师支教等形式，为伽师县技工学校提供教育办学理念、管理思想和管理策略等方面的支持，为其传授汽车维修、美容美发与造型、烹饪（中式烹调）、电子商务和家政服务等专业的教学及管理经验。而在教师队伍培养方面，佛山市技工学院还将安排优秀讲师担任指导型教师，采取"一对一"的线上线下结对帮扶形式，帮助伽师县技工学校改进教育教学方法，提高教育教学水平。

佛伽两地学校的结对帮扶活动早在2010年就已开始。目前佛山已累计选

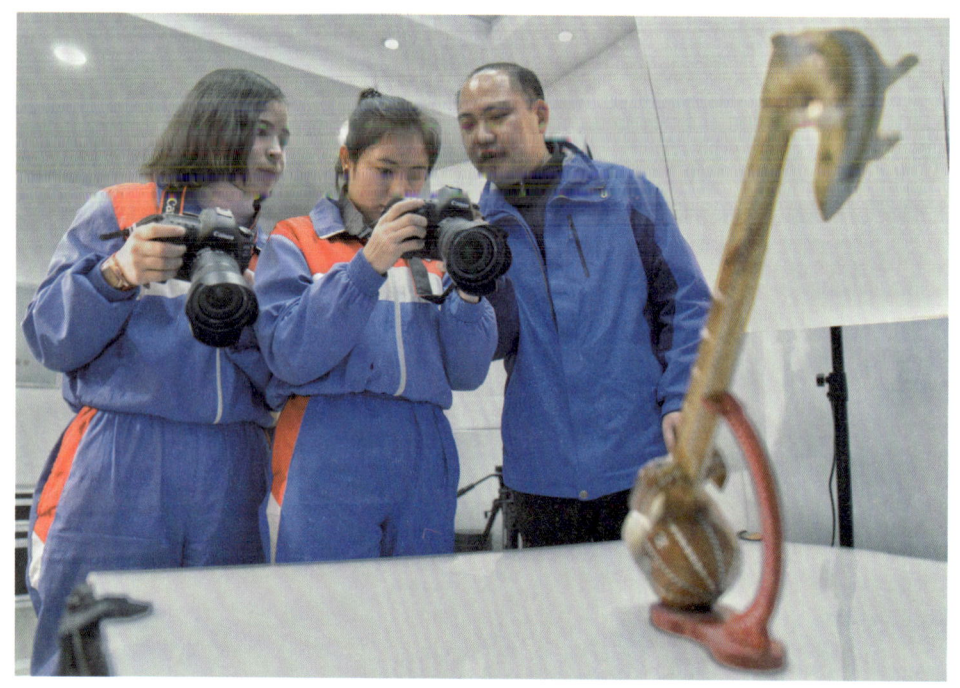

● 新疆喀什技师学院，援疆教师正在教授当地学生电商摄影知识（石磊 摄）

派234名援疆教师赴伽师支教，他们将先进的教学理念和方法带到当地学校，推动学校教育迈上新台阶。2021年，佛山援疆工作队还在伽师县中等职业技术学校开展"粤菜师傅"工程，并将具有浓郁岭南文化韵味的醒狮和"咏春操"带入学生课堂。佛山技师学院还会通过线上帮扶的形式，为伽师的教师开展教学指导，并根据相关教学专业需求，给予学校软硬件设施设备及资金等方面的支持。

"从2021年开始，我们每学期都会安排2—3名专业教师到佛山进行为期15天的技工教育教学能力提升培训，通过听课、观摩、参加教研活动等形式，提升教学和管理水平。"伽师县技工学校相关负责人说。

家门口的大学

现代化的建筑设计、宽阔的校道、便捷的生活设施……漫步于新建的喀什大学新泉校区,一股青春气息扑面而来。校园内,虽然路上行人看着不多,但一到晌午时分,文理科十多个学院的学生们从四面八方涌向食堂,各年级师生组成一条长长的队伍,崭新的校园一下就热闹了起来。

深圳援建基础设施,广东等多地支援学科建设,自2015年喀什师范学院更名为喀什大学至今,在各地的共同努力下,该校已成长为拥有50余个本科专业、十余个硕士学位授权点的综合性大学,南疆地区高等教育力量不足的情况已经成为历史。

"家门口就能上大学"成了喀什的一道新风景,而更多师生"留下来"的决定,正给这座"一带一路"千年古城带来新的生机与活力。

在校学生规模翻一番

喀什大学新泉校区矗立着一块纪念碑,是为感谢深圳的帮助而设立的。2013年6月,深圳与新疆维吾尔自治区签署了共建喀什大学备忘录,出资10亿元引进深圳设计研究院对喀什大学新泉校区进行总体规划设计。

习近平总书记在新疆视察调研时指出,要加大对口援疆工作力度,完善对口援疆工作机制。按照党中央和国务院部署,深圳作为19个对口援疆省市中唯一的计划单列市,对口支援塔县。深圳市委、市政府高度重视援疆工作,以高度的政治责任感和使命感,以前所未有的力度投入到援疆工作中。

八年前,高等教育力量相对不足的南疆地区,建起了一所多学科综合性大学——喀什大学。这所大学总投资20亿,由喀什师范学院升级而成。这座校园总建筑面积45.1万平方米,现有全日制在校生2.8万人,19个教学单位,12个硕士学位授权点，60余个本科专业，涵盖10个学科门类。

"以前老校区大部分都是纸质化办公，新校区建成后学校硬件设施配齐了，目前大部分业务可信息化办理，增强了个性化管理水平，老师们和同学们满意度都很高。"喀什大学中国语言学院辅导员阿迪力江说。

2022年5月，深圳提供专项援疆资金，协调暨南大学深圳旅游学院提供智力支持，喀什大学旅游学院正式揭牌成立。截至2022年10月，深圳在喀什大学投入了援疆资金11.6亿元。喀什大学新泉校区也已成为南疆最现代化的高层次人才培养基地。

为进一步加强应用型大学建设，喀什将建设喀什大学东城校区，重点建设交通学院、现代农学院、建筑学院、设计学院等4个学院，每个学院预计设置专业数量4—5个，打造与产业链、创新链高度关联的高水平专业体系。在资金投入方面，共投入资金9.5亿元。其中，深圳投入援疆资金1.5亿元。

喀什大学党委宣传部副部长陈新富表示，新泉校区建成并正式启用后，学校在校学生规模翻了一番，每年有45%的毕业生留在了喀什当地就业，为南疆社会稳定和经济发展提供了重要的人才和智力支撑。

● 喀什大学新泉校区（受访者供图）

"粤字号"学术创品牌

2022年3月30日下午6时，新一期"喀大经管论坛"在喀什大学新泉校区经管楼如期与广大师生见面。本期论坛的主讲人为该学院副院长廖俊峰和讲师王飞。廖俊峰既是援疆教师，也是华南理工大学教授，他以"'平台—个人'共创型数据双向交易定价研究"为主题，向大家分享了他最新的研究成果，分享环节结束后，大家围绕最新研究方法与理论以及教师科研能力提升等方面进行了分享和探讨。

对于王飞来说，"喀大经管论坛"等活动则无疑是交流和展示自己学术成果的平台。就在本期论坛召开前，王飞的论文成功发表，论坛中，他分享了该论文的研究内容与成果。

年轻的喀什大学拥有一批年轻的教师，这种分享交流的平台刚刚兴起，"喀大经管论坛"是其中最受欢迎的一个。借助"喀大经管论坛"，广东援疆教师把多年的科研成果汇于一炉，每期论坛都"干货满满"，让喀什大学的经管学科开始与华南理工大学、暨南大学等学校全面接轨。更让大家一致"点赞"的是论坛的轻松、务实之风，师生在平等的讨论中开拓了思维视野。

廖俊峰从事经济学、管理学研究多年，这次赴喀援疆，对他而言也是学习的机会。陆上、海上两条丝绸之路的商业传统各有特色，在不同商贸习惯的碰撞中，廖俊峰也收获满满。

"自古以来，喀什地区就是各种经济贸易的重要节点，对外交流的机会一点不比东南沿海少。"廖俊峰进一步说，"这里是中巴经济走廊的起点、'一带一路'的重要节点。南疆的学生开朗大方，交流坦诚，在商学领域有与生俱来的天赋。"

除了理论交流，喀什大学经管学院还积极为学生寻找实践平台。在昆仑山下叶尔羌河畔、塔克拉玛干沙漠西缘的岳普湖县，喀什大学经管学院与景区洽谈，搭建创新创业平台，为大学生提供创新创业的场所，促成阿凡提巴扎电商创业团队入驻达瓦昆景区。

丰富的水文、沙漠景观，品类繁多的特色美食，独特的人文历史资源……岳普湖县是一座拥有着丰厚历史的文化名城，现阶段发展迅速的旅游业，已经成为促进当地经济增长的重要力量，也为学生提供了宽阔的实践平台。

喀什大学经管学院目前有1600多名学生，将学校的教育资源和景区的外部资源进行充分整合，在遵循平等互惠的原则上实现了资源共享，优势互补。"同时与岳普湖县旅游景区的合作也更大程度上解决了广大毕业生的就业问题，提升了就业率。"喀什大学相关负责人说。

党旗在南疆一线高高飘扬

高等院校集中的广东，各高校各有所长，对喀什大学各学科的建设也是"八仙过海"，教育、光电科技等学科目前已经多点开花。如今，喀什的学生在家门口就能接受良好的高等教育，外省教师、学生来喀什大学工作、学习的情况也越来越普遍。其中，思想政治教育既是习近平总书记的关切事，也是广东高校的优势学科。然而，从祖国"南大门"到祖国"西大门"，广东的思政教育经验能否在南疆产生实效？

带着这样微微忐忑的心情，暨南大学马克思主义学院教师刘晓雷于2021年奔赴喀什，开始了教育援疆工作。而当刘晓雷真正到达喀什大学时，他发现不少少数民族学生思政考试表现优异，少数民族学生和汉族学生的差距并没有想象中那么大。

"少数民族同学对思政课程非常感兴趣，对马克思主义科学认识世界方法论的学习尤其积极。"刘晓雷说，"他们极其擅长在沟通和交流中汲取知识，在课堂上积极答问，坦率发言，讨论氛围非常热烈。"

这背后，离不开中山大学、华南师范大学、暨南大学等学校老师一代代接力援疆的经验积累。到刘晓雷参与援疆时，喀什大学马克思主义学院已经摸索出了一系列教学方法。在广东的支持下，喀什大学的思政教育建设正迅速成长起来。马克思主义学院现有在编教师44人，银龄、援疆、支教、外聘教师共有16人；具有博士学历（含在读）的教师有11人。此外，在广东等多省市的共同帮助下，喀什大学还建成了思想政治教育基地，把课堂教学、实践教学、网络教学等熔为一炉，将思政课打造成学校第一课程。

八载辛勤建设，如今的喀什大学，不仅成为"一带一路"上全新的学术高地，更让党旗在南疆一线高高飘扬。

2022年1月17日至19日，广东省前指牵头，广州援疆工作队、疏附县委组织部和喀什大学联合举办的"向优秀共产党员拉齐尼同志学习"发展党员培训班开班。疏附县、伽师县、第三师部分企业员工代表近50人参加为期3天的培训课程。与会入党积极分子们纷纷表示，要以优秀共产党员拉齐尼·巴依卡同志为榜样，努力学习、勤奋工作，争取早日加入中国共产党。

喀什大学党委副书记邓勇表示，喀什大学将充分发挥场地、师资、文化等资源优势，积极营造良好环境，提供优质服务，努力配合完成党员培训任务，为提升基层党建工作科学化水平、建设高素质党员队伍作出应有的贡献。

不一样的"毕业礼"

一边是山峦巍然高耸,一边是塔克拉玛干沙漠一望无垠,这里是天山南麓的第三师图木舒克市。寂寥天地间,一代代共产党人扎根于此,化为烈风吹不倒、扯不烂、冻不翻的面面红旗。2022年9月,星海音乐学院的大四学生李昊田和同学们来到位于南疆的第三师图木舒克市,在这里,他们将得到不一样的"毕业礼"——作为第一批援疆支教大学生,在这里开展实习支教活动。

教育是事关长远、事关根本的大事。2022年8月3日至5日,广东省领导率省党政代表团赴新疆维吾尔自治区考察指导对口支援新疆工作时特别指出,要深入学习贯彻习近平总书记在新疆视察时的重要讲话精神,在原有各项对口支援工作不变、力度增加的基础上,把对口支援喀什地区和第三师图木舒克市的教育工作摆在突出重要位置抓实抓好抓到位。

会后,广东省前指迅速行动,协调两省区教育部门积极推进有关工作。2022年9月,首批大学生援疆支教服务队出发,分赴新疆喀什地区疏附县、伽师县和第三师图木舒克市进行实习支教活动,如今,110名援疆支教大学生已顺利返粤。

随着多所学校开始动员下一批大学生党员开展援疆支教工作,教育援疆的火炬,正在年轻人手中传递下去。

报效祖国

虽然还在读大四,但李昊田已有丰富的经历。他不仅在星海音乐学院接受了专业教育训练,在校期间还应征入伍,在部队中度过了充实的两年,这也把李昊田磨炼得更加成熟、坚强。在部队的培养下,一颗报效祖国的种子在李昊田心中生根发芽。

"卫国戍边是军人天职。得知了广东开展援疆支教的消息，我第一时间就向学校报了名。"李昊田说。在广州番禺长大的他，一直对遥远的西部抱有好奇，军旅生涯更让他对新疆产生了向往。就在本科毕业之际，一份"毕业礼"送到了李昊田手上。

2022年9月29日，星海音乐学院首批大学生援疆支教服务队一行9人率先从广州出发，前往新疆，开始为期四个月的实习支教活动。在出发前，学校举行了行前动员会，勉励支教学生提高政治素质和文化涵养，重学习、勤工作、守纪律，磨炼意识品质，发扬服务和奉献精神，发挥专业特长，为援疆支教事业增添新动力、新内涵。

然而，从广州到新疆，气候、地理、人文皆有巨大不同，同行的伙伴们难免不适应，这时，李昊田的经历成了弥足珍贵的财富。

"来到新疆，我们首先要转变思想，不再把自己看作学生，有困难不能'等靠要'，首先自己想办法解决；不好解决的困难也要及时提出，广东省前指的同志们会第一时间支持的。"简单的几句话面面俱到，这位老兵学长让大家的心安定下来，全身心投入到支教工作中去。

首批援疆支教的大学生来自广东多所高校，不少年轻人面临初来乍到不适应的问题，却没有李昊田这样的"老大哥"，此时，长期驻扎的援疆"老兵"成了可依靠的重要力量。在新疆喀什地区伽师县，广东省外语艺术职业学院8名"实习老师"就遇到了线上教学技巧不足、学生受疫情影响无法出勤等问题。恰巧，该校吕佩玉老师是广东省第九批援疆干部，2020年进疆以来担任广东援疆驻喀什大学直属队临时党支部书记和队长，积累了丰富的经验。在她的帮助下，8名支教大学生精心设计教学情景，课堂工作逐渐得心应手。支教结束时，该校8位同学均被伽师县教育局授予了"优秀实习支教大学生"荣誉称号。

磨炼本领

李昊田在广州的学校实习任教过半年，初到支教的第三师图木舒克市第一中学（简称"图市一中"）时，他立刻感受到两地学校的不同。

在图市一中，响板、铃鼓等音乐教具还没有配齐，课本里的节奏演奏不出

● 李昊田在课堂上（受访者供图）

来，低年级学生只能干瞪眼。李昊田见状，就教同学们拍打桌子、大腿，逐渐形成节拍和律动。

"面对正在音乐启蒙期的孩子们，我们必须创造教学条件，否则，过了这个年纪，再'补课'就难了。"李昊田说。

课堂中，李昊田惊叹于同学们出色的天赋，草原和大漠赋予了他们无与伦比的乐感。一两节课下来，简单的"咚""啪"变成了规范的节奏型，再加上轻轻的吟唱，师生合作的一首首音乐小品跳出教室，回荡在崭新的教室里，李昊田和孩子们笑得一样开心。

"这段经历对于我来说，既是'教'，也是'学'。"李昊田说，一个学期的援疆支教，让他掌握了许多新的教学技巧，获得了不少新的灵感。在代上其他科目的课程时，李昊田还发现，不少教学问题，虽然跨越粤新两地和不同学科而存在，但解法也是基本通用的，这大大增强了他的教学信心。

这也是不少支教同学的切身体会。广州大学的同学承担了疏附县第三中学和疏附县第二小学的教学任务，累计线上授课146节，涵盖英语、历史、道德与法治、音乐、美术五大学科。同学们根据当地情况，结合所学，以优质的课件、生动的授课、趣味的互动提高学生的学习积极性。同学们还积极参与疏附县教育系统"红色筑基"系列活动，制作了5份高质量的红色教育宣讲视频，得到当地教育部门与学校的一致好评。

"支教过程中，我也学到了很多教学技巧。回到广州后，我要把这些技巧用起来！"李昊田说。

崇高信念

广东是教育大省，除星海音乐学院外，还有华南师范大学、韶关学院、岭南师范学院、韩山师范学院、肇庆学院、嘉应学院、广州体育学院、广州美术学院、广东技术师范大学、深圳大学、广州大学、东莞理工学院、佛山科学技术学院、广东省外语艺术职业学院、深圳职业技术学院，16所高校每学期选派政治过硬、成绩优异、作风优良、身体健康的优秀大学生赴受援地中小学和幼儿园实习支教。

● 广东省大学生实习支教团入喀合影（受访者供图）

此外，广东省前指在教育教学专家送培、教育教学课题研究、教学资源共享、教育信息化建设、国家通用语言推广、交往交流交融等方面与新疆喀什地区、第三师图木舒克市开展全方位、多层次、宽领域合作，搭建广东高校服务边疆经济社会发展的"大平台"，建设理想信念、爱国主义、民族团结教育的"大课堂"，为兴疆固边、育人育才作出积极贡献。

对于即将毕业的大学生而言，援疆支教的经历无疑是一份独特珍贵的"毕业礼"，4个月的援疆工作时间不长，但许多同学借此树立了崇高的理想信念。

"作为援疆支教大学生，要把理论学习成果切实转化为全面办好人民满意的教育、全面推进新疆教育事业发展的磅礴力量。"广州大学的同学说。

"要争做有理想、敢担当、能吃苦、肯奋斗的新时代好青年，让青春在全面建设社会主义现代化国家的火热实践中绽放绚丽之花。"广州体育学院的同学说。

冰消雪融，春暖花开。带着宝贵的经验，110名支教同学回到广东，准备开始人生的下一个阶段；而在华南师范大学等高校，新一年援疆支教志愿者的招募通知已经出现在网站上。下一个金秋时节，新的一批年轻人将接过火炬，让智力援疆的温暖代代照耀这片热土。

ZHUSHUI
RUN
TIANSHAN

第四章
医疗援疆爱无疆

在新时代新征程上奋力建设团结和谐、繁荣富裕、文明进步、安居乐业、生态良好的美好新疆，是习近平总书记对新疆工作的殷切期盼。在第三次中央新疆工作座谈会上，习近平总书记强调，要大力推动南疆经济社会发展和民生改善。

什么是民生之关切？从喀什的古城到塔什库尔干的牧场，祖国大陆最西端呼唤着一个共同的答案：健康。

民之所望，政之所向。三年来，广东积极开展"组团式"医疗援疆，形成了以喀什地区第一人民医院、国家区域医疗中心为龙头，辐射带动各县市区的"组团式"医疗援疆新格局。在南疆大漠之中，一座"健康绿洲"拔地而起，一个个救死扶伤的故事牵动着各族群众的心……

医生与患者之间，与死神的战斗时时上演。南方医科大学南方医院急诊科副主任医师潘春球在喀什地区第一人民医院（简称"喀地一院"）建起创伤中心，在一个个深夜以精湛医术挽救了多发伤急诊患者的生命。当看到年轻患者的来信写着"长大了我也要当医生"，潘春球说，这就是各民族同胞像石榴籽一样紧紧抱在一起，浑然忘记了自己的疲惫和病痛。

医生和医生之间，惺惺相惜的"传帮带"不曾停止。"团队带团队""专家带骨干""师傅带徒弟"的模式切实为当地打造了一支"带不走"的医疗人才队伍。在喀地一院儿科中心儿童血液肿瘤组，广东两位专家对该院布西尼医生与玛依努尔医生进行悉心指导，结合南疆实际，整理各种治疗方案，共同制定了规章制度，让白血病患儿得到同质化规范治疗。

广东和新疆之间，"一段援疆路，一生援疆情"的承诺从未褪色。通过完善的远程医疗建设，喀什地区疑难病患的情况总能第一时间传回广东，屏幕那头，常有完成援疆任务的前辈倾力助阵。现在，广东省内42家三甲医院与喀地一院、两县一师人民医院、38家乡镇（团场）卫生院和615家村卫生室建立远程医疗协作关系，喀什地区转诊率下降至0.19%。

"喀什是我的故乡""只要有机会，我定会回来"……在援疆工作结束时，不止一名医生写下这样的感想，各民族同胞血浓于水的亲情跃然纸上，成为一代又一代援疆医生的信念与情怀。随着新一批援疆医护奔赴喀什，这段跨越万里的杏林传奇，又将续写新的篇章。

优质医疗送到家门口

"以往科室遇到这样的患者,多数是请乌鲁木齐或国内其他知名教授来手术。""术中有太多不可预知的情况,总是让我们望而生畏。""虽然我们已学到很多,但心里依然有些忐忑。"……这是广东"组团式"医疗援疆之初,喀什的医护人员向广东的同行吐露的心声。以往,在喀什地区开展重症救治,当地医护常面临人手不足、技术不够等情况,病人常要费尽周折到乌鲁木齐等地看病。遇到无法转运的情况,当地医院请其他医院的专家来"飞刀"手术也时有发生。

这一切,正随着广东医护的到来而逐渐改善。

如今,随着喀地一院等医院建立起有效的远程医疗体系,顶级医疗团队在线诊断疑难杂症已成为可能;而广东援疆医生的"传帮带",更为当地培养出一大批技术过硬的医护团队,南疆地区"缺医少药"的情况彻底成为历史。

医疗援疆一直以来都是东西部对口帮扶的重头戏。从祖国"南大门"到祖国"西大门",跨越5000公里,更多喀什患者在广东援疆远程医疗的帮助下,在家门口摆脱病痛,迎来拥抱明天的机会和希望。

远程学科会诊解疑难杂症

2020年6月10日下午,中山大学附属喀什医院(简称"喀什医院")远程医疗中心多学科会诊多功能会诊厅里座无虚席,一个4岁的罕见严重肿瘤疾病小患者,正牵动着中山大学肿瘤防治中心和喀什医院所有进行多学科会诊医生的心。

原来,10天前,4岁的小古丽(化名)因"腹部包块10天"入住喀什医院泌尿外科。来自中山大学附属第六医院泌尿外科的援疆专家陆立主任团队立即接诊，在前期超声引导下进行肿瘤穿刺活检后，病理已经明确诊断为"肾母细胞瘤"。

这对小古丽一家来说，可谓是晴天霹雳。这种恶性肿瘤十分复杂罕见，仅占儿童恶性肿瘤的6%，发病年龄主要集中在5岁以下，目前国内外并没有标准的治疗方案，加之喀什医院尚未开展相关诊疗，使得小古丽的治疗更是难上加难。

为了让4岁的小古丽拥有健康成长、拥抱明天的机会，粤喀两地的医生携起手来，由广东援疆专家发起了这次跨越5000公里的远程多学科会诊。现场，虽然隔着屏幕，但中山大学肿瘤防治中心多学科会诊团队与专家仍对小古丽的病情进行了非常细致的分析。纵然远隔万里，前方医护团队的疑惑也得到了专家耐心全面的解答，甚至细微到儿童肿瘤化疗的用药剂量和配药方法，专家也都事无巨细地逐一耐心指导。

回顾2020年，正值决战决胜脱贫攻坚的关键时期，喀地一院领导同志经简单协商后一致同意，邀请喀什医院儿童肿瘤患儿到中山大学肿瘤防治中心进行免费的临床试验治疗，同时热烈欢迎喀什医院有志于儿童肿瘤治疗的医护人员前往中心进行儿童肿瘤规范化诊疗培训。这番情真意切的邀请，连接起了粤喀两地人的心，赢得了一阵阵掌声。

根据数据统计，每年从喀什医院转往1500公里之遥的乌鲁木齐甚至新疆外进行治疗的儿童恶性肿瘤患者占比较高，而且还有逐年增长的趋势。如何成功开展儿童恶性肿瘤综合诊治，降低转诊率，让患儿和家长在家门口就能体验到优质医疗保障，一直是喀什医院全体医护人员想要解决的瓶颈难题。而此次多学科会诊，正是一次成功的试验，有效填补了喀什医院肿瘤患儿在当地进行多学科综合治疗的空白，为广大喀什患儿带来了生的希望。

除新生儿肿瘤外，粤喀各种形式的医疗联手，使更多疑难杂症迎刃而解。实施新生儿脐静脉置管术、开展治疗重度压力性尿失禁TVT-E手术、腓骨移植手术……一台台手术创下一个个"南疆首例"，"广东大夫"的名气响彻天山南北，据了解，有医生刚到喀什一个月就主刀20多台手术，几乎每天一台。其敬业精神也鼓舞着大家精进业务，高难度手术期间，手术室中常常挤满观摩的医护。

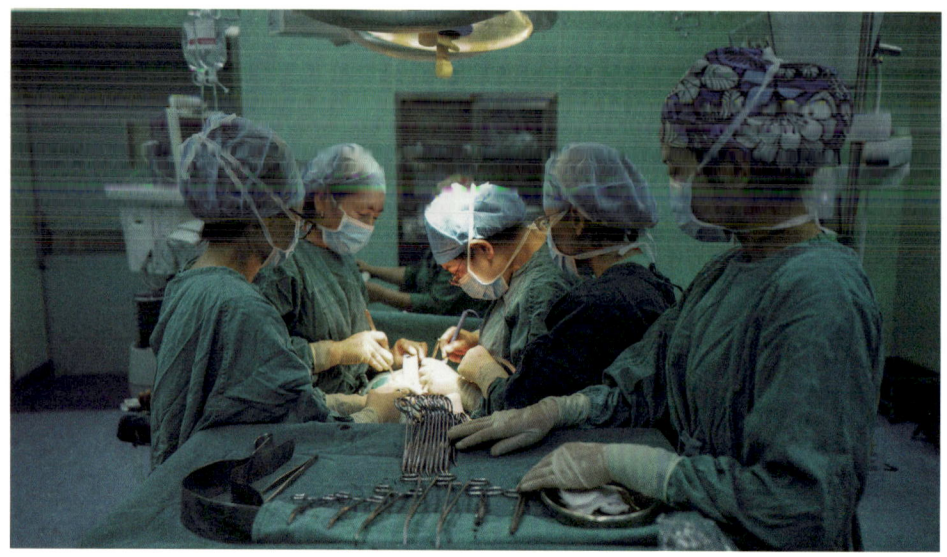

● 2021年4月,广东援疆妇科医生开展宫颈恶性肿瘤清除手术(金镝 摄)

优质医疗资源下沉到基层

南疆地域广阔,仅喀什地区的面积(16.2万平方公里)就相当于广东省(17.97万平方公里)的90%,医疗资源分布不均,优质医疗资源难以触及基层的问题,在过去的第三师图木舒克市尤为明显。从第三师图木舒克市到喀什城区有近4小时车程,从喀什到乌鲁木齐还要乘近2小时飞机,群众如遇疑难杂症,诊断治疗十分麻烦。

随着一批又一批的广东援疆医生来到戈壁深处,互联网技术使当地医疗援疆更精准、更惠民。

图木舒克市人民医院挂职副院长李坊铭回忆,有一名回族患者来自南疆的边远山区,患有乳腺恶性肿瘤、腋窝淋巴结继发性恶性肿瘤和多种基础疾病。后续治疗方案如何设计?各位援疆医生之间还有分歧。

为了给患者"定制"最好的治疗方案,2020年底,图木舒克市人民医院的健客方舟互联网医院远程会诊中心发挥了作用,10名广东援疆医生与东莞市人民医院肿瘤科、放射科、麻醉科、心血管科等多个科室的专家进行了远程会诊。

"患者化疗方案是否需要调整?""建议先做个造影,看心血管有没有栓塞。"……疆内外专家跨时空提出两个意见：一是需要更换治疗方案，先对该患者实施血管造影，判断心血管有没有出现栓塞；二是倾向于先做手术，再做化疗。

有了健客方舟互联网医院的远程会诊平台，图木舒克市人民医院不仅实现了与东莞市人民医院的连线，还可以实现和喀地一院、江门市中心医院等疆内外"三甲"医院"一对一""一对多"的连线会诊。

"我们还积极探索并开创了图木舒克市人民医院方舟健客互联网医院与各实体医院'线上+线下'新型医疗服务模式。"李坊铭说。如今，当地疑难病或重症患者，借助远程平台便可以完成专家会诊，再由图木舒克市人民医院完成相关手术和治疗；而慢性病患者，通过健客方舟互联网医院，可实现在线问诊、购药。

援疆医生"传帮带"

互联网医院为援疆医生提供了诊疗上的便利，但广东援疆医生并不满足于此。在填补医疗技术的空白后，努力打造一支"带不走的医疗队伍"，已成为援疆医生们的共识。

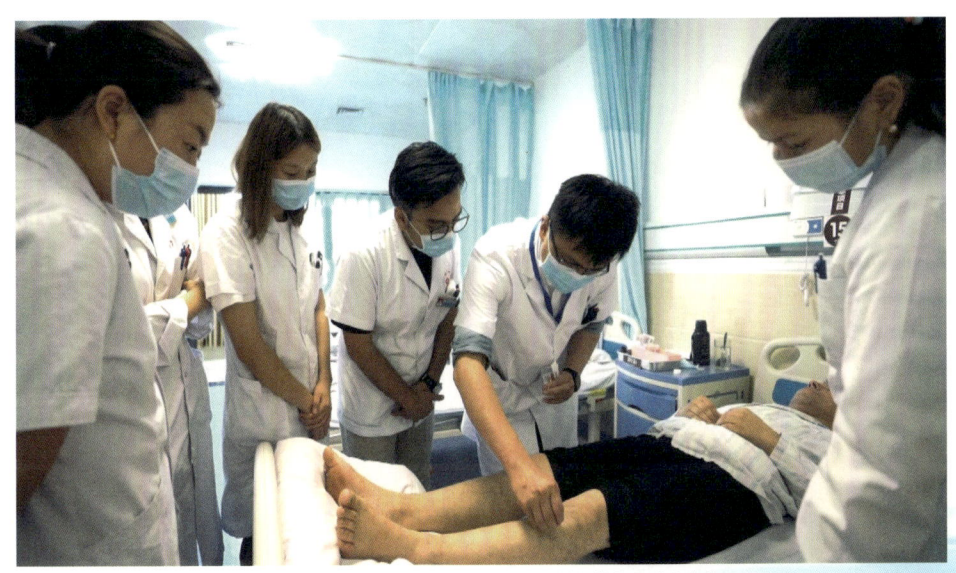

● 2021年6月，广东援疆医生廖穆熙（右二）在查房中手把手带教针灸技术（受访者供图）

自2010年起，中山大学主动承担起广东省医疗人才"组团式"援疆工作，医疗队员一批接着一批扎根喀什，持续开展全方位、立体式、精准式的组团帮扶，在喀地一院，"以院包科"助推医院发展的内涵逐渐丰富，"一所医院带动一个科室，一名人才引领一个科室，一个科室服务一方群众"成为现实。

　　在中山大学多年倾情帮扶下，通过拨派院长、增派干部、以院包科、以院包学科群、导师带徒、建设专科联盟、特派硕博士轮转学习等"造血式"帮扶手段，更多疑难杂症可以在本地解决。在广东省第九批援疆工作队的推动下，喀地一院"双百"目标正加快实现。

　　比如，在急性白血病救治方面，喀地一院儿科中心联合多方努力成立儿童血液肿瘤组。在广东省妇幼保健院陈广道、中山大学附属第一医院苏畅两位专家的带动下，布西尼医生与玛依努尔医生结合南疆地区及患儿实际情况，细心整理进修期间学习到的各种治疗方案，联同两位主任共同制定了儿童血液肿瘤组相关规章制度，以及各种常见血液肿瘤的一线化疗方案，保障医疗工作规范化开展，让患儿得到同质化规范治疗。

　　这样的"传帮带"，如今在喀什正遍地开花：中山眼科中心帮扶喀地一院眼科中心；中山大学附属肿瘤医院、附属第三医院、附属第一医院分别对口帮扶喀地一院肿瘤、感染、心血管疾病三大学科群；中山大学孙逸仙纪念医院

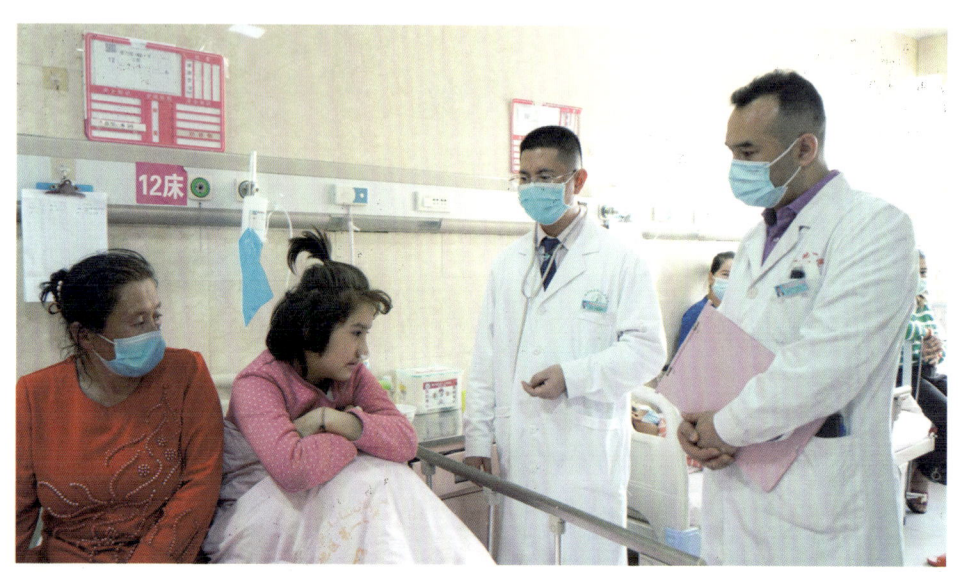

● 2022年5月，儿科援疆专家许吕宏（右二）诊治喀什地区血液病患儿（受访者供图）

与喀地一院影像中心、急诊医学科、超声医学诊断、妇科、产科签订"以院包科"协议；中山大学附属第三医院与喀地一院签订了感染科、风湿免疫科、内分泌科、康复科及护理专科联盟协议，以专科联盟助推专科发展……一系列举措，既使喀什百姓看病更加精准化、高效化，也使喀什地区本地医生有了合作交流的圈子。

如今，中山大学还在积极促成"组团式"援疆定向研究生培养工作，面向喀地一院实施少数民族干部培训计划，每年定向招收20名研究生，为当地倾力培养储备医学人才。2021年，中山大学还为每一位中大援疆干部单列3个硕士和1个博士研究生招生指标，由此组成68人"研究生特派团"在喀什轮转学习一年，围绕新疆当地医学或医疗问题开展课题研究，立足于提升新疆诊疗水平，造福当地社会。

健康绿洲

苍山负雪,风卷狂沙,金黄的沙漠风景和绵延的高寒雪山,是喀什地区独具特色的底色,而干燥、寒冷、风沙,却是影响居民健康的重要环境因素。

2020年起,随着第九批广东援疆工作队进驻喀什,广东医疗援疆的主阵地——喀地一院的软件、硬件设施得到充分提升,如今,喀地一院已经成为全疆前三、全国先进的"健康绿洲"。

随着喀地一院逐渐接近"双百"目标,喀什地区群众已基本实现"看病不出市"。"十四五"期间,喀什大学医学院还将依托喀地一院的基础进行建设,喀什地区群众"拥有自己的医学院"的梦想正逐渐照进现实。

给医院"动手术"

回想起2020年刚刚进驻喀地一院时的场景,喀地一院副院长、南方医科大学中西医结合医院肝病科主任郑大勇对一次住院查房印象深刻。一名住院病人身体不适,经验丰富的郑大勇马上进行了血氧探查。结果显示,病人确实处于缺氧状态,血氧饱和度只有93%。

"怪了,正在吸氧的病人怎么还缺氧?"郑大勇心里一边嘀咕,一边将目光投向医院的供氧设备,设备却是准确调试并开启运行的。为尝试缓解病人痛苦,郑大勇调来氧气瓶为病人供氧,病人的情况果然好转。

郑大勇的疑惑得到了印证:喀地一院的中心供氧系统可能出故障了。再一仔细检测,郑大勇发现距离制氧设备较远的几间病房都有氧气压力不足的情况。

"医学装备管理工作要走在临床工作的前面。"郑大勇说。各类先进医疗器械是医生的"左膀右臂",如果配备不齐或有故障,诊疗工作将面临极大风险。然而，对于半辈子都从事临床工作的郑大勇来说，医院管理却是一个完全陌生的领域，一切都要从零开始。

"现在回看，当时我们决定重修医院中心供氧系统，想法实在是太'外行'了！"这个东北汉子打趣道。

原来，医院的供氧管道埋在墙壁中，遍布全院。无论是整体更换，还是修补漏气点，都要把全院的墙壁挖开再填上，工程量极大。但为了诊疗工作顺利开展，病人健康得到保障，喀地一院还是接受了郑大勇的提议，给医院动了这次"大手术"。一年多来的结果显示，郑大勇的这个提议完全正确。

在不少疾病的诊疗中，保障病人吸氧是最基本的要求，医院中心供氧系统修好之后，不少急救、住院病人的"小毛病"也随之消失。更重要的是，这次"手术"揪出了几个手术室的供氧隐患，排除了几个较大的潜在风险。

对医院中心供氧系统的修复，使郑大勇完成了"跨界"挑战，实现医疗与管理"一肩挑"。在郑大勇的主导下，2021年，喀地一院重点完善了基础设施建设和后勤智慧化管理，有效满足了医院在快速发展过程中对于总务后勤的需要；建立了医疗器械公共管理平台，有效提高了医疗器械使用率，降低了器械的重复购买率，使更多的医疗资金有效投入更多更全面的设备购置上。

"目前，医院'一体两翼、一院四区、一科研院'的格局已经形成。"郑

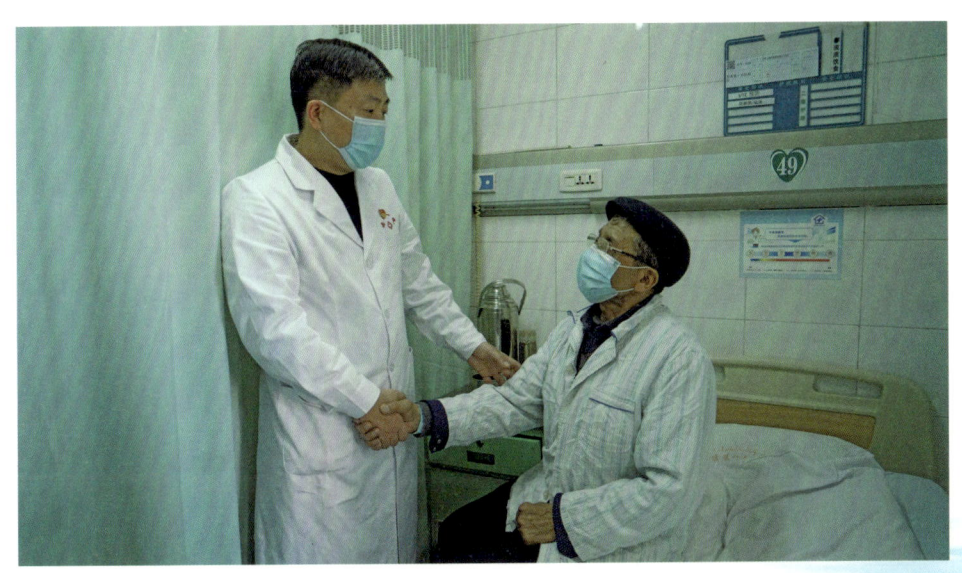

● 2021年1月，郑大勇为来自塔县的肿瘤患者制定治疗方案（受访者供图）

人勇说。

"绣花功夫"

天山、昆仑山一南一北，阻挡了进入喀什地区的水汽，使其成为全球最干燥的地方。位于喀什东部的塔克拉玛干沙漠，则给这座古城蒙上了一层亚麻色的面纱。

在多位医生看来，喀什极端的环境，直接或间接地造成了许多疾病的高发。"喀什地区上消化道疾病显著高发，如食管、胃部恶性肿瘤等，这与当地新鲜果蔬少，居民食谱中的维生素、纤维素等不足有很大关系。"消化外科专家、中山大学附属第六医院副院长、喀地一院院长吴小剑说。

沙尘、干燥和寒冷看似简单，但其诱发的疾病往往却十分复杂，从复杂感染到恶性肿瘤都与之有关。而且，当天气恶劣时，不少人"小病变大病""轻症变重症"，进一步增加了诊治的难度。

要妥善应对复杂病症，完善的科室力量建设至关重要，而这正是喀地一院的薄弱环节。"比如，同样是肛肠科室，在广东可以搭建全医学博士团队，而在喀什，建设同等水平团队则非常困难。"吴小剑说。

要为喀地一院打造"留得住"的人才队伍，这已是广东援疆医生的共识。为此，吴小剑和同事们下大力气推进专科科室建设，以打造"学科群"建设为发展理念，实施专科整合改革，将普通外科整合并细化成肝胆胰腺外科、胃肠外科、肛肠外科（含小儿外科组、烧伤整形外科组）、乳腺甲状腺外科、血管外科5个亚专科，形成涵盖多层面的坚实协作关系，医院顶层设计与学科建设得到统一发展。

"专科建设就是要精准，要敢于练就'绣花功夫'。"吴小剑说，学科整合工作是加强学科建设的重要举措之一，可合理分配医疗资源和人才资源，促进学科有序分化，增强学科发展的动力和活力，形成专业学科优势，为患者提供更加精准、专业的医疗服务。

对于自己专业领域的肛肠外科、胃肠外科等专科，吴小剑格外关注。他经常下科室进行业务指导，了解科室发展动态，针对科室学科规划、人才梯队培养、学术影响力提升等方面进行指导和帮助。目前，胃肠外科已规划的学术会

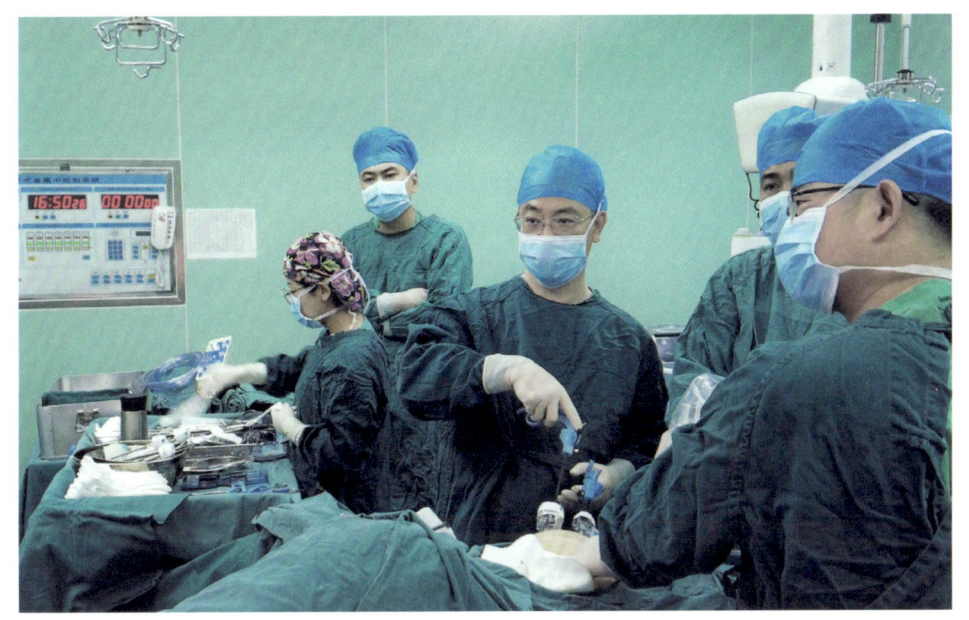

● 2022年2月，广东援疆医生吴小剑（右三）为复杂结直肠癌患者进行手术（受访者供图）

议及讲座正在顺利推进。

"尤其针对结直肠恶性肿瘤患者，吴院长通过手术展示，在为患者提供规范化治疗的同时，还详细地讲解整个手术过程，大力提高了我科肠道肿瘤的外科规范化诊治水平。"喀地一院胃肠外科主任肖永彪介绍道，这半年来，科内转诊率明显下降，很多疑难危重患者实现了在家门口就看好病的愿望。

另一边，虽然忙着基础设施建设、后勤物资保障等工作，但郑大勇的老本行——肿瘤科业务也没有放下，在他的主导下，喀地一院肿瘤中心建成，南疆地区第一个肿瘤微创介入科正式成立开科，带动南疆肿瘤学科向着微创治疗的时代转型升级。

建设"双百"阵地

在2021年"组团式"援疆工作推进会上，喀地一院作为唯一的一家受援医院单位在大会上汇报支援工作经验，广东"组团式"医疗帮扶再次受到广泛关注。自2016年医疗人才"组团式"援疆工作开展以来，广东医生以喀地一院为主阵地,"软硬兼施"之下,一座塔克拉玛干沙漠中的"健康绿洲"迅速成长起来。

2021年底,喀地一院第一次在全国地州级医院排名中进入前一百名,综合实力位列全疆地州级医院第一,稳居全疆前三。"医院的转诊人数下降至200多人,转诊率降低至0.46%,我们离'双百'医院的目标又近了一步。"吴小剑高兴地说。

在科研方面,喀地一院还成功拿下了一项国家自然科学基金项目。"科研没有捷径可走,要特别注重平时的工作积累,同时,还要充分利用好业余时间,及时补充尽可能全面的数据资料,建立自己的临床数据库,以便在统计和分析中寻找出今后的研究思路和工作方向。"在多次科研分享会上,郑大勇都毫不吝啬,将申请科研项目的经验及技巧向喀地一院科研人员倾囊相授。

此外,"智慧医院"建设也如火如荼地开展起来。在吴小剑的积极推动下,喀地一院与平安国际智慧城市科技股份有限公司签署战略合作协议,搭建起远程医疗平台。遇到复杂情况,在喀什的医生可以邀请广东三甲医院的医生一同诊断施治。信号接通,画面出现时,屏幕上的面孔往往就是往届的援疆医生。

"每次看到援疆的前辈牺牲休息时间,与我们远程连线,一同工作,'一段援疆路,一生援疆情'深深触动着我的内心。"郑大勇感慨道。

"回到广州之后,有喀地一院的诊疗求助发给你,你接不接?"吴小剑笑着问道。

"接!"郑大勇说。

这座"健康绿洲",还给当地带去了更好的消息:依托广东对喀地一院、喀什大学的长期援助支持,"十四五"期间,喀什大学将立足服务地方经济社会发展,高标准建设医学院,发展护理学、预防医学等医学类学科专业。医学院的选址位于喀什大学老校区,与喀地一院连为一体。

"我们终于要有自己的医学院了!"消息被人们兴奋地传递着。朝阳为喀什噶尔古城披上一层温暖的光晕,几代喀什人的梦想正照进现实。

"一带一路"健康枢纽

"这是最远的'中山大学'！"看着中山大学附属喀什医院的招牌，中山大学附属第六医院副院长、喀地一院院长吴小剑欣慰地说。

以建设非直属附属医院的方式，中山大学协助喀什地区建设南疆首个国家级区域医疗中心，使广东的优质医疗资源延伸至祖国的最西端，"一带一路"两个重要节点都有了中山大学支撑的健康枢纽。未来，当地群众跨省跨区域就医的情况将越来越少，随着医院的落成，"家门口看大病"将成为喀什地区群众的现实。

枢纽上的"健康蓝图"

当前，不少地方，特别是中西部省份医疗资源薄弱、患者就医流出多的现象仍较突出，群众就近享有公平、优质、方便医疗服务的美好期盼与优质医疗资源发展不平衡不充分之间的矛盾尚未得到根本缓解。因此，2022年，国家发改委、国家卫健委、国家中医药局联合发文，将有序扩大国家区域医疗中心建设。

喀什地区虽然地处我国边疆，但是"一带一路"上重要的枢纽，其周边1000公里以内，就有多达8个中亚国家的首都。历史上，喀什地区无论是陆路交通还是边境贸易都十分繁荣。

新冠肺炎疫情期间，新疆维吾尔自治区人民政府与广东等地的援疆工作队一道，共同抗击疫情，取得了重要进展，而喀什地区作为"一带一路"沿线重要枢纽，其防控、救治传染病，防止传染病扩散的重要意义也在本次抗疫中得到印证。

因此，2021年5月13日，新疆维吾尔自治区人民政府与中山大学在乌鲁木

● 2022年8月,中山大学附属喀什医院的呼吸感染楼已完工,发热门诊和医技大楼即将完工投入使用(受访者供图)

齐签署共建协议,确定将以中山大学附属喀什医院(喀什地区第一人民医院)为建设重点,建立以传染病救治为主、多学科群支撑的国家区域医疗中心,更好保障南疆各族群众的生命安全和身体健康。中山大学附属喀什医院是南疆首个国家区域医疗中心。

按照双方签署的共建协议,国家区域医疗中心依托喀地一院,在中山大学各直属附属医院的支持下,全面管理区域医疗中心业务运营,实现区域医疗资源的均衡化和优质化,减少跨省跨区域就医,打造国家传染病医学中心。

"中山大学强大的学科群综合实力和各个附属医院在传染病相关学科的优势,是建设好医疗中心的坚强保障,我们有信心、有能力建设好医疗中心,实实在在造福南疆百姓,让他们享受更高水平的医疗服务,共享民族复兴国家富强的发展红利。"中国科学院院士、时任中山大学校长罗俊表示。

资料显示,国家传染病区域医疗中心中山大学附属喀什医院项目总投资9亿元,建筑面积73 640平方米,规划建设床位500张,设有呼吸感染楼、医技楼、门急诊楼、发热门诊、医技实训楼、呼吸内科综合楼以及科研楼与行政办公区等。目前,各项目建设正在积极推进中。

感染科"大咖"组团

按照相关定位,中山大学附属喀什医院作为国家区域医疗中心建成后,将承担境内外一系列传染病防治任务,这意味着其建设过程不仅需要完善的硬件设施建设,更需要医术精湛、富有经验的感染科医生。

因此,2021年,中山大学附属第三医院派出以喀地一院副院长、中山大学附属喀什医院执行院长彭亮为首的"感染科大咖团",以"院包学科群"的模式,对口支援医院感染学科建设。

"彭亮、刘静和陈禄彪都是中山三院的感染科大咖,在他们的努力下,喀地一院感染学科得到进一步发展,2021年初成立的发热门诊科学有序运行,以'1+X'模式(即以传染病防控治疗为主,兼具其他疾病诊疗功能)建设的国家区域医疗中心一期基础建设已完成。"吴小剑介绍道。

回忆起一年的对口支援工作,彭亮感触良多。在喀什,感染学科的建设几乎相当于从零起步,个中艰辛可想而知。但也正因为是一张白纸,彭亮得以将从业多年的许多心得、设想付诸现实。

尤其是中山大学附属喀什医院"国家传染病医学中心"的定位,使彭亮可以从基建开始就完全围绕传染病防治进行规划,这也使得中山大学附属喀什医院的病区与普通医院有所不同。

比如,在抗击新冠肺炎疫情期间,为了有效防止病原体传染扩散,物理隔离被感染的病人是最有效的手段之一。然而,病人的健康问题很可能不止传染病。

在有传染病传播的情况下,如何保持有效隔离,同时对复杂急发病症进行救治?自新冠肺炎疫情发生以来,这一问题受到全球多地感染科医生的关注。

"如何在控制传染的基础上为病人提供必要的治疗,是感染科医生的大课题。尤其在新冠肺炎疫情期间,负压病房资源紧张,使防疫与救治的矛盾更为突出。"一位海外华裔医生说。

"在抗击疫情期间我们就曾遇到过:有新冠肺炎感染者患有尿毒症,每周需要若干次透析,怎么办?"彭亮分析,"如果要防止传染,病人很可能用不上透析室;尿毒症患者如果长时间不进行透析,毫无疑问会遇到生命危险;如果让感染的病人进透析室,其他尿毒症患者透析时会不会有感染风险?"

尤其令彭亮焦心的是,在医疗资源相对不足的喀什,上述问题的风险更加明显。"在沿海地区,可能一地不止一家医院有透析设备。这家医院有感染风险,病人可以去另一家医院透析,喀什要实现同等医疗条件则困难得多。"彭亮说。

"我们可以做到'平战结合',从小范围封控到全院封控收放自如。"抱着这样的信念,彭亮和团队开始向未知领域发起挑战。

多方合力推动项目建设

一切工作从蓝图开始,也意味着工期紧、任务重。为保障中山大学附属喀什医院能在2023年5月如期投入使用,彭亮还多次前往建设现场实地察看,督导工程进度,并向广东省前指积极申请,为医院争取到了600多万的设备购置资金。"这是医院2022年的重点工作之一,为推进这项工作而努力,我义不容辞。"他说。

喀什地委副书记、广东省前指总指挥王再华赴中山大学附属喀什医院建设项目工程施工现场考察调研时表示,中山大学附属喀什医院建设项目是党中央高度关注的重点民生工程,为确保医院能够如期投入使用,各相关部门要切实提高政治站位,充分发挥职能作用,在运行的过程中要对可能存在的问题多进行沟通、多出主意、多想办法,积极推动该项目的建设。

在多方的共同支持下,项目在疏附县广州新城有序开展。新的医院将以传染科、呼吸科、重症医学科为核心科室,以心内科、肾内科等为支撑科室。"在设计上,我们为各科室之间设计了专用的通道,病人在转移过程中,传染性病原体不会散逸到整座医院。这样,在大规模收治传染病人时,血液透析等工作不再需要冒传染性病原体扩散的风险。"彭亮说。

中山大学附属喀什医院建成后,将迅速把当地的医疗水平再提上一个台阶。对于这一点,大家都充满信心。

据了解,中山大学附属喀什医院建成投用后,将按照"立足南疆,面向全疆,服务一带一路"的发展定位,以"1+X"的建设模式,涵盖医疗、教学、科研、预防、康复、管理等内容,以传染病科、重症医学科、呼吸内科作为核心科室,心血管内科、消化内科、神经内科、普通外科、急诊医学科、医学检验科(P3实验室)等作为支撑科室,构建起以该区域医疗中心为依托的南疆医疗服务和传染病防治网络体系。

未来,中山大学附属喀什医院还将在区域范围内形成可示范、可推广的适宜诊疗技术，在有效提升南疆地区医疗机构整体应对突发性公共卫生事件能力的同时，培养学科带头人与骨干人才，通过对传染性疾病的临床研究，促成科研成果的临床转化，在与"一带一路"周边国家科研、技术合作中，辐射带动并提升周边国家的重大传染性疾病的防控救治能力，最终形成与周边国家"政治关系更加友好、经济纽带更加牢固、安全合作更加深化、人文联系更加紧密"的合作新格局。

千里外的感谢信

"每救活一个病人,我们就战胜一次死神。"

这是援疆医生、南方医科大学南方医院急诊科副主任医师潘春球写下的话。潘春球在喀地一院主导建立的创伤中心以及立体型急救创伤医疗体系,在死亡线上挽回了无数生命。

援疆三年,救治了多少病人?潘春球自己也答不上来,只有患者一封接一封的感谢信,字里行间诉说着这段救死扶伤的粤新情谊。

一晚三台多发伤手术

疏星朗月,万籁有声。在地广人稀的喀什,夜晚总是十分寂静,救护车的鸣笛声显得格外尖锐,呼啸着撕开人们的浅梦。

伴随着鸣笛声,担架被快速推入喀地一院的急诊科室,刚刚遭到车祸重创的患者奄奄一息,内伤外伤不计其数——因意外事故导致的多发伤,是喀什地区显著高发的急诊案例。南疆风大,沙亦大,沙暴来袭时遮天蔽日,群众较易发生车祸、坠楼等意外情况。

发生在2022年夏季的这一例车祸伤者也不例外。"20岁,年轻女性,严重多发伤:闭合性腹部损伤、脾脏破裂、膀胱破裂、胰腺挫裂伤、腹腔积血3000毫升、骨盆骨折、右股骨干骨折、全身多处软组织挫裂伤……"潘春球记录了一长串伤情,几乎每一项都可能危及生命。

时间不等人,潘春球连夜"披挂上阵",为命悬一线的患者修复破裂的胰腺、膀胱,清理腹腔积血,固定破碎的骨盆、股骨……喀什的夏天日出得早,所有手术项目完成之后,天已大亮,患者术后生命体征平稳,开始逐渐康复。

对潘春球而言,这个战胜死神的夜晚充满着紧张与不确定。而在这位创伤

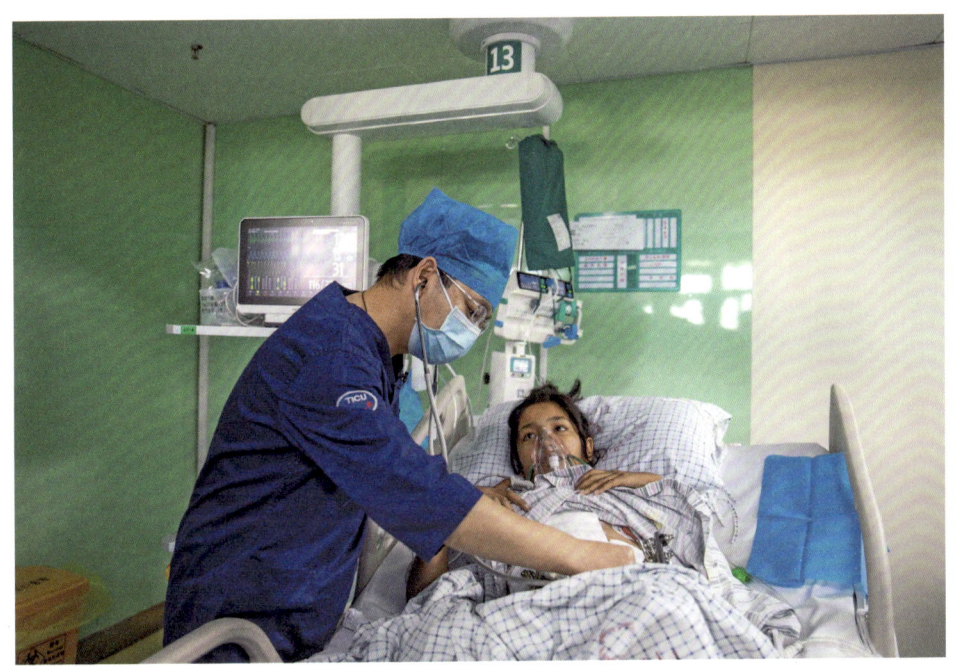

● 喀地一院的创伤重症监护室里，广东援疆医生潘春球正在查房（金镝 摄）

科急诊医生的从医生涯中，这样的夜晚已重复了无数次。

多发伤患者的急救本就是众多手术中难度最大、最为紧张的一种，在多发伤密集发生的喀什，急诊医护的在岗人数和救治水平却严重不足。面对一个个鲜血淋漓的重伤患者，有军医背景的潘春球义无反顾冲在最前面。"多的时候，一晚上做三台严重多发伤手术，真的很辛苦！"潘春球说。

而在援疆干部们看来，潘春球的工作让他们既佩服，又心疼。"这些年下来，球哥的手指眼见着开始变形，我们看着都难受啊。"一名援疆干部说。

功夫不负有心人。两年时间里，"喀地一院创伤中心"的名字已传遍南疆，从四面八方前来求医的伤者越来越多，甚至有中亚国家的伤患前来问诊。然而，对于创伤科急诊医生而言，频繁地见证重伤患者的骇人伤势，时刻准备从死神手中挽救生命，工作压力之大非常人所能想象。

高强度工作之下，用文字记录工作生活中的随感随想，成为潘春球独特的舒压方式。"春天里，种下希望，秋天便会收下一份欣喜，大家都有一个共同信念：明确进疆为了什么、在疆干些什么、出疆留下什么。"在援疆日记中，潘春球深情地写道。

从零开始组建创伤医疗体系

4时间长地，潘春球的援疆任务即将结束。临别之际，当地群众对潘春球提出了新的要求："潘主任，您可不能只管'救活'，不管'救好'啊！"

这一番话，给潘春球带来了很大的触动，"留"或"不留"的问题首次浮上心头。

医学发展日新月异，"宁在一思进，莫在一思停"是医生们的共识，因此，"组团式"医疗援疆周期为1年或1.5年。时间再延长，医生将错过太多学术会议、研讨、交流机会。彼时正值潘春球援疆期满，如果此时离去，当地的创伤急救水平恐难维系，接手援疆的同事又要从零开始许多工作。

左思右想，潘春球做了许多同行不敢做的决定：留任。"我觉得我的使命还没有真正完成！"潘春球说。

几乎没有停歇，那个熟悉的身影再次出现在喀地一院创伤中心里，穿梭在喀地一院的病房、抢救室、手术室、会议室、学术厅……同事们遇见潘春球，也会高兴地打趣道："拼命三郎"球哥又回来啦！

新一轮"组团式"援疆，潘春球打起精神，把更多精力放在了喀地一院创伤中心的建设上。经过重新梳理，潘春球和同事发现，为了提高多发伤急诊患者的救治效率，创伤中心需要梳理规范救治流程。

"以往，医院收治多发伤患者之后，急诊科室判明情况，发现需要专业科室支持，然后各科室再组织专业力量会诊，术前救治时间可能长达8小时。"潘春球说，"要对多发伤患者实施急救，8小时的'等待'太久了。"

因此，潘春球在喀地一院重新制定了多发伤的急诊流程，明确创伤脑外组、普外组、骨外组、重症组等各组职能职责。多发伤患者到院后，急诊医生了解情况后直接让各组提出救治方案，方案形成后立即施手术，成功将术前救治时间由原来8小时缩短至1小时。

除做好常规救治外，潘春球还带领本地医生结合本地特色，率先开展了严重创伤患者肠内、肠外营养支持治疗和严重多发伤患者早期营养治疗以及PICCO（脉搏指示连续心排血量检测）业务，极大地拓宽了科室救治范围。

经过两年的时间，潘春球在医院牵头打造了一支多发伤救治团队，将喀什地区多发伤救治率从50%提高到98%。这意味着，喀什地区因各种意外伤死亡或重残的人数大大减少。在潘春球的努力下，喀地一院成立了以紧急医疗救治中心为主体的创伤中心，形成了"院前急救—院内抢救—重症医学病房—创伤综合病区"的立体型急救创伤医疗体系。

"我不能永远在手术台上，但创伤中心是留得住的。"潘春球说。

在喀地一院的三个年头里，潘春球在创伤中心救治的患者已经数不过来，但他总会谈起凯迪热亚·伊马木，这名18岁的维吾尔族姑娘已踏入大学校园，2021年那次惊心动魄的意外重伤，在潘春球的救治之下已逐渐淡去。

2021年8月，当时尚未成年的凯迪热亚·伊马木不慎从17层高楼跌落，几乎所有的内脏全部破裂。当重伤的凯迪热亚·伊马木被送到喀地一院时，包括潘春球在内的所有在场医生都浮起一个念头：女孩应该救不活了。

"但作为医生，我们就要尽最大的努力。"潘春球说。

在随后紧锣密鼓的救治中，喀地一院创伤中心全新的工作机制发挥了重要作用，患者没有被耽误一刻，潘春球及团队为凯迪热亚·伊马木实施了两次手术、三次气管插管、三次拔管，所有伤势都得到了及时的处置。其间，凯迪热亚·伊马木经历了无数次休克，多次走到了鬼门关前，都被每天三次查看情况的潘春球及时发现，妥善救治。

凯迪热亚·伊马木与死神的战役持续了49天，最终，在喀地一院创伤中心的救治下，维吾尔族姑娘迎来了全面胜利。2021年10月13日，凯迪热亚·伊马木给潘春球写了一封感谢信。

"是潘春球教授一次次把我从死亡线上拉了回来，我非常庆幸可以遇上这样一位耐心细致、医术高超的医生。"她写道。当时即将参加高考的她还说，希望未来可以从事医学相关领域的工作。

点燃了一个年轻人的医学梦，潘春球感到无以言说的骄傲和欣慰，这也是2015年以来广东选派的近千名援疆医生的共同体会。以喀地一院为主阵地，广东"组团式"医疗援疆在各个领域多点开花，除创伤中心外，消化科、肿瘤科等科室建设也逐渐走到全疆前列。在如今的南疆，"喀地一院"和"广东大夫"已成为高水平医疗的代名词，在全疆乃至整个中亚地区享有盛名。

凯迪热亚·伊马木从受伤到恢复，整个过程牵动着粤新两地许多人的心。

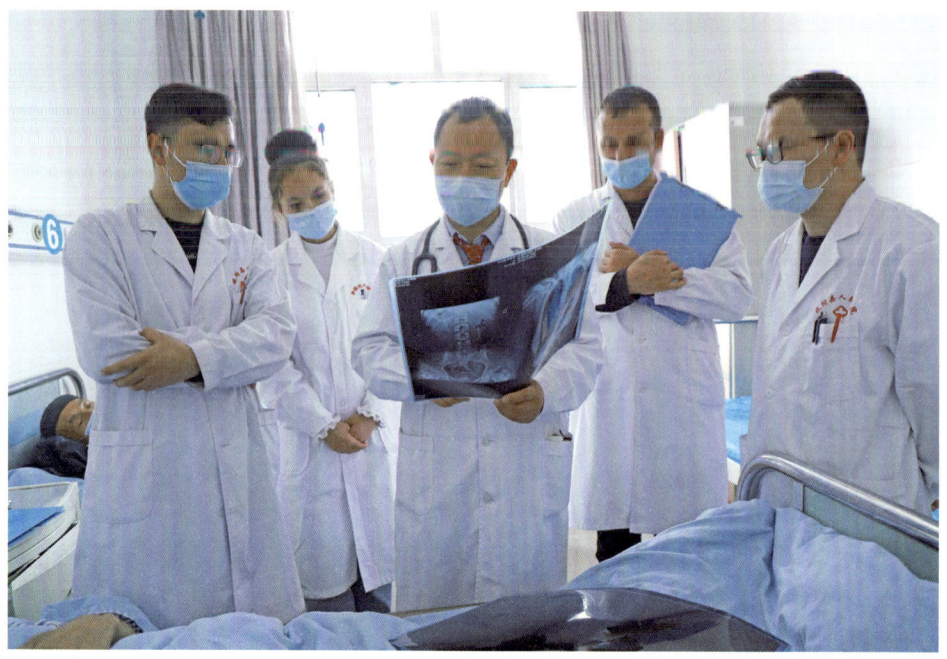

● 2021年11月12日，广州援疆医生戚德峰（右三）为患者诊疗（受访者供图）

为给身受重伤的小姑娘筹集医药费，潘春球和团队发动了众筹，来自广东的不少企业家纷纷伸出援手，为治疗筹集了十余万元。如今，喀地一院也正在探索新的医药费支付模式，通过建立用药清单、引入第三方机构等方式，让求医问药不再困于囊中羞涩，让更多生命得到救治的机会。

"无论广东还是南疆，人命永远大于一切。"潘春球写道。

ZHUSHUI
RUN
TIANSHAN

第五章
文化润疆沁人心

中华文明璀璨浩瀚，文化认同是最深层次的认同。在第三次中央新疆工作座谈会上，习近平总书记提出"文化润疆"，"就是要从根本上切实解决政治认同、人心向背的问题"。

正确的国家观、历史观、民族观、文化观、宗教观，须以文化之、以文铸之。

连绵的戈壁滩中，永安湖畔，唐王城千年屯垦文化体验中心爱国主义教育基地庄严伫立。20世纪50年代，兵团人在沙漠边缘推土筑坝、挖渠引水，开掘出新疆乃至西北地区最大的平原水库——永安湖水库。为助力当地旅游产业发展，广东援疆投入8500万元，依托红色历史文化资源，建成这一外形宛如红色同心圆的宏伟建筑，将胡杨精神、兵团精神等民族团结教育内容融入千年屯垦文化中，使其不仅成为游客必到的网红打卡地，更成为感悟体验爱国历史文化、展望民族团结奋进美好未来的重要场所。

"我们在体验中心学习到关于新疆屯垦的历史，也对屯垦戍边史有了新认识。"第三师图木舒克市市民迪丽奴尔·阿布都瓦依提说。

新疆当地文化历史得以丰富展现，更多富有广东特色的文化项目则在粤新两地之间架起连心桥。

舞狮舞龙、赛龙舟、戏曲表演这些中华优秀传统文化活动，与少数民族能歌善舞、活泼外向的特点无比契合。在广东援疆的支持下，624支舞龙舞狮队在新疆大地舞动起来，不少队伍还走上全国舞台、获得荣誉。广东省前指驻疏附县工作队编排的节目《民族团结一家亲》《雄狮少年勇向前》分别获得第十三届全国舞龙舞狮锦标赛创意龙狮一等奖、2022年全国龙狮网络大联动舞龙舞狮组一等奖。

文化润疆，心贴心的交流是关键。5部短片组成的《新疆人在广东》，改编自真实故事，由在广东的新疆人真情出演，里面有自驾穿越大半个中国到广东创业的新疆姑娘阿依夏，也有在援疆企业打开职业生涯的阿力。"好电影必须有好故事。"广东援疆干部肖凯明说，他在"寻角"之旅中，遇到很多两地人民真诚交往、携手奋斗的感人故事，意外地接受了一次终生难忘的民族团结教育。

跨越万里的交往交流中，越来越多的新疆人与广东人成为朋友、家人。

2021年6月，20名广州小学生在父母的陪伴下，来到万里之遥的疏附县，和当地朋友结下了深厚的情谊。仅在疏附县，广州援疆就推进广州市11个区、10个乡镇（街道）、45个单位、110所学校、11个区卫健委，300余名援疆干部与当地群众结亲结对。2022年，广东省前指更是获得自治区民族团结进步示范单位光荣称号。

籽籽同心绘"疆"来，文化润疆沁人心。从龙狮、电影再到广东动漫，广东援疆不仅丰富了新疆各族群众文化生活，增进了各族群众对中华文化的认同，更有形有感有效地铸牢了中华民族共同体意识，为守护共同的精神家园不断增添新的光彩。

"同心圆"

驱车从第三师图木舒克市前往约15公里外的永安湖生态旅游区，窗外的景观逐渐从城市景观向戈壁地貌过渡。当我们正在因满眼的土黄色感到单调时，一片静谧的湖面出现在道路的另一侧：原来永安湖已经近在眼前。

朝远处看去，一座鲜红色的宏伟建筑仿佛一团燃烧的火焰，在连片的戈壁滩中显得格外显眼。同行的援疆干部告诉我们，那便是广东援疆精心打造的"一"工程——唐王城千年屯垦文化体验中心爱国主义教育基地。

第三师图木舒克市是古丝绸之路上的重镇，是我国西域屯垦发源地之一，境内拥有多处先代屯垦遗址，其中最为重要的是建于西汉时期的唐王城遗址。经专家学者考证，唐王城遗址是汉代班超驻守的盘橐城，距今已有2200多年历史。

自20世纪50年代以来，在屯垦兵团和广东援疆等力量的接力建设下，戈壁滩中萌发了新的生机：产业落地，民生改善，各民族人民更加团结拥抱在一起。

如今，在连绵的戈壁滩中，唐王城千年屯垦文化体验中心爱国主义教育基地庄严伫立，把发生在这里的历史向八方来客娓娓道来，也展示着这座丝路重镇新的荣光。古丝绸之路的驼铃声已经远去，这座古老的"唐王城"正焕发蓬勃生机。

不到半年时间就完成建设的"广东速度"

走近唐王城千年屯垦文化体验中心爱国主义教育基地，这座宏伟建筑宛如红色同心圆的外观才完全展现。尽管整个建筑主体是钢结构框架，然而环形的

● 远眺唐王城千年屯垦文化体验中心爱国主义教育基地（邵一弘　摄）

造型使其看起来并不笨重，反而给人一种飘逸之感。

这一项目总用地面积59 671平方米，总建筑面积11 000平方米。广东援疆为这一项目投入资金8500万元，项目在2020年9月开始动工，第二年6月底就已经完工。

"在新冠肺炎疫情的影响下，我们仍然如期完成了整个项目的建设，完成了一项几乎不可能的任务，这也可以说是我们援疆干部'广东速度'的一种体现。"项目的第一负责人、广东援疆干部苏智云为此感到很自豪。

为什么要在这里建设唐王城千年屯垦文化体验中心爱国主义教育基地？这事还得从永安湖水库说起。

当地人介绍，永安湖水库是20世纪50年代兵团人借助山体天然屏障在沙漠边缘推土筑坝、挖渠引水修建的。到了20世纪70年代，经过三师数千军垦战士几度寒暑的扩建，水库的库容增加到7亿立方米，成为新疆乃至西北地区最大的平原水库。2018年，永安湖生态旅游区被《中国国家旅游》评为"全国最佳生态旅游目的地"。

从无边荒漠到风光无限，永安湖的蜕变，正是"热爱祖国、无私奉献、艰苦创业、开拓进取"兵团精神的生动体现。

由于永安湖距离第三师图木舒克市市区仅十余公里，周边又分布着湖泊、湿地、芦苇荡、胡杨林、沙漠、雅丹山体等生态景观，最近几年，这片区域已经被当地打造为小有名气的生态旅游区。

不过，放在风光旖旎、旅游资源丰富的南疆地区，光是拥有自然风光还不够。广东援疆干部来到第三师图木舒克市后，经过对永安湖景区的调研发现，要让永安湖生态旅游区实现更高质量的发展，还得想办法丰富这里的体验项目，让游客不仅仅匆匆打卡便转身离去，而是能够在这里多做停留、深度体验，这样不仅能够为当地带来更多的旅游收入，也能真正地把永安湖景区打造为当地旅游资源的"金字招牌"，助力旅游产业发展。

"这里不同于其他自然景区的最大特色就在于，永安湖景区周边蕴藏着丰富的红色历史文化资源，十分值得挖掘。在这里建设体验中心，既能够助力生态旅游区的开发建设，为景区注入积极向上的文化内涵，还能搭建一个粤新两地交往交流交融的平台。"苏智云说。

于是，在2020年4月，广东省前指决定启动项目的建设。苏智云的后方单位是广东省住房和城乡建设厅，在像唐王城千年屯垦文化体验中心爱国主义教育基地这样的建设项目上，他有着资源和技术的双重优势。

作为项目的第一责任人，苏智云始终坚守在一线。从方案设计、可行性研究、初步设计等前期工作，到当年9月项目正式开工建设，这一过程只用了5个月时间。

"建设期间，新冠肺炎疫情形势反复，加上当地冬歇停工，项目施工建设面临着很大挑战。按照当地的条件，这样大规模的项目可能两年都完成不了。"苏智云回忆。

为了加快项目进度，满足当地举行中国共产党成立100周年庆祝活动的需要，苏智云等人直接驻点施工现场，除了跟进项目材料，还要协调施工人员、设备运输进场。经过广东援疆干部的努力，不到半年时间项目就完成了建设。

"同心圆"就像各族同胞心连心

在唐王城千年屯垦文化体验中心爱国主义教育基地前方的广场上，五星红旗迎风飘扬。从高处俯瞰，这座红色同心圆造型的爱国主义教育基地与周边的景象融为一体，相得益彰，为这片黄褐色的土地增添了一抹亮色。苏智云告诉我们，红色同心圆的建筑外观，就像是各族同胞心心相连。

如今，这里不仅是来到当地的游客必到的网红打卡地之一，更是感悟体验爱国历史文化、展望民族团结奋进美好未来的重要场所。

走进基地展厅内部，波澜壮阔的南疆建设发展历史仿佛画卷在眼前展开。展厅内部由"屯垦固边保家园""民族融合共复兴""粤新同心齐发展"三部分内容构成。展厅内设4D影院、270°影院、文创体验区等多个教学区域，教学面积达3500平方米，可同时容纳教学人数超1000人。展馆内陈列有526张照片、97件实物、11件艺术创作品及《胡杨礼赞》《我们来自岭南》等多本红色教育图书，配套4D影院、3D特效和影视投屏等多媒体设备18套。丰富的展品和翔实的布展内容，把胡杨精神、兵团精神等民族团结教育内容融入千年屯垦文化中。

置身这段历史长廊中，游客不仅可以近距离观赏到历史文物等史料，更能够与曾经为屯垦戍边作出巨大贡献的历史人物"对话"。在展厅中，游客点击互动按钮，能够看到曾在南疆大力屯垦、兴修水利的历史名人林则徐，甚至听他用家乡话闽语讲述一段与他相关的历史故事。而在"粤新同心齐发展"部分，屏幕上滚动呈现的一张张照片组成了卷轴，生动呈现了广东援疆干部在当地援建过程中发生的动人故事，更记录下了他们与当地各族同胞之间血浓于水的深刻情谊。

在2021年6月底，唐王城千年屯垦文化体验中心爱国主义教育基地正式开放。

在当天举办的庆祝中国共产党成立100周年活动上，兵团老战士、兵团母亲、少数民族预备党员、少数民族入党积极分子和援疆干部人才等约200人参观了基地，重温、感悟了兵团屯垦的动人历史。大家用嘹亮的声音表达了对党的忠诚和热爱。

老战士李书亭说："现在祖国越来越好，说明我们的路子走对了。希望年

● 唐王城千年屯垦文化体验中心爱国主义教育基地里的一块屏幕上，记录了许多广东援疆的印迹（金镝 摄）

轻人接过接力棒，为建设新疆作出更大贡献。"

最近，第三师图木舒克市市民迪丽奴尔·阿布都瓦依提利用周末时间，约上朋友们来到唐王城千年屯垦文化体验中心爱国主义教育基地。在讲解员的带领下，她们认真聆听，通过一件件实物、一幅幅照片，对千年屯垦文化有了更深刻的了解。

"我们在体验中心学习到关于新疆屯垦的历史，也对屯垦戍边史有了新认识。我感觉这个景点很不错，不仅可以学到新知识，里面还有多种互动设备，各方面体验都挺好。"迪丽奴尔·阿布都瓦依提说。

"唐王城千年屯垦文化体验中心爱国主义教育基地的建设，既打造了千年屯垦文化品牌，助力当地旅游经济发展；又以旅游观光这种贴近群众生活的方式弘扬红色文化，推动新时代兵团精神传承，能够促成经济效益和社会效益的双丰收。"苏智云说。接下来，基地还将与新疆的其他红色文化节点串联，打造南疆千里红色教育路线，发挥更强的辐射带动作用。

"能够实实在在地干点实事，这几年就没白来"

"广东对口援疆以来，像这样的项目还是首个。这座爱国主义教育基地填补了周边地区同类空间载体的空白。"广东省前指有关负责人表示，"结合永安湖生态旅游区资源，融合岭南文化、屯垦文化、兵团文化等系列文化，该基地能够有效促进受援地职工群众及外地游客加深'五个认同'，铸牢中华民族共同体意识，助力新疆实现社会稳定和长治久安总目标。"

自2021年6月底建成投入使用以来，唐王城千年屯垦文化体验中心爱国主义教育基地已举办了广东援疆庆祝中国共产党成立100周年等一系列活动，获新疆维吾尔自治区爱国主义教育基地、广东省直机关党员教育基地等13项称号。未来，该基地还将继续作为推动文化润疆工作、开展爱国主义教育、推动民族交流交往交融的重要载体。

2022年7月1日，广东省前指在唐王城千年屯垦文化体验中心爱国主义教育基地开展"红心向党"主题活动。100名参加活动的优秀少数民族共产党员、

● 2021年6月28日，唐王城千年屯垦文化体验中心爱国主义教育基地的广场上，庆祝中国共产党成立100周年活动顺利举行（广东省前指供图）

优秀党务工作者、先进基层党组织和有突出表现的各类援疆干部、技术人才在这里集体重温入党誓词。

参加仪式的致富带头人代表古丽斯坦·米吉提表示："2021年我被广东援疆遴选为致富带头人，在广东援疆的帮助下我的服装生意越来越好，我将心怀感恩，带领更多乡亲共同致富。"

在现场，优秀援疆干部人才代表李远青也表示："入疆以来，我们援疆干部人才耳闻目睹了受援地发生的喜人变化，深受教育，倍感鼓舞，我们将再接再厉，牢记党和国家赋予我们的历史使命，为维护新疆社会稳定、实现长治久安贡献出自己的一份力量。"

事实上，唐王城千年屯垦文化体验中心爱国主义教育基地已逐渐成为第三师图木舒克市的一块醒目招牌，它的影响力也由点到面逐渐扩散开来。

"广东援疆带来的不仅是资金、人才，我们更希望通过我们的实际行动，把广东先进的文化和理念带到当地，这样才能真正给这片土地带来改变。原本用时两年的项目，我们在半年内就完成了，说明这里的发展建设，也可以是很

● 2022年3月18日，苏智云（左一）在唐王城千年屯垦文化体验中心爱国主义教育基地参加植树活动（受访者供图）

高效率的。"苏智云感悟颇深。"来到新疆，能够实实在在地干点实事、造福百姓，这几年就没白来。"他这样阐述自己的援疆初心。

第三师图木舒克市四十九团至永安坝道路，是团场百姓到第三师图木舒克市城区的主要交通要道，也连接了第三师图木舒克市城区和永安湖景区。每当夜幕降临，13.6公里的红色国旗和中国结路灯亮起，映衬着永安湖，形成了一道美景。这是广东援疆干部打造的"网红"打卡路，也是一段民族团结的"同心"路。

"原先，整段道路灯光昏暗，这里还有土坡遮挡视线。"苏智云指着道路的急转弯处介绍。项目建设前，这段路存在严重的交通安全隐患，车速快、夜间视野差，每年都会发生多起交通事故。如今，这段道路变得平稳、宽敞、明亮。

到新疆不久，苏智云就开始谋划对这条道路进行改造提升，还协调落实援疆资金支持，不仅推平了遮挡视线的土坡，还设立了统一样式的路灯。接下来，当地还将对道路沿线景观进行美化。

如今，明亮的路灯照亮了群众出行的道路，也点亮了新疆人民的爱国热情。"很多人路过时，会停下来和亮起的国旗灯光合影，分享到朋友圈。我想，他们看到这样的场景，自豪感与爱国热情定会油然而生。"苏智云说。

"光头强"和"喜羊羊"来了

2021年5月,喀什的孩子们惊喜地发现,打开电视,喀什广播电视台正在播放《熊出没》《熊熊乐园》《喜羊羊与灰太狼》等几部广受欢迎的动画片。这是"六一"儿童节前夕,广东为孩子们准备的一份特殊礼物。

广东省是全国动漫制作强省,近年来涌现出一批优秀的青少年动漫作品,尤其是《熊出没》《喜羊羊与灰太狼》等作品因形象可爱、富有正能量而深受广大少年儿童的喜爱。在广东省前指与省内多家组织、机构、企业的多方协调下,几部动画作品以免费的形式引入喀什,既进一步丰富了喀什地区少年儿童的文化娱乐生活,又增强了他们学习国家通用语言的兴趣和能力。

剧集"涨粉"500万!

广东省前指综合统筹处处长肖凯明于2020年前往喀什援疆,开展工作一年多以后,他深感文化润疆工作的重要性。而要想让受援地的青少年接触学习博大精深的中华优秀传统文化,就必须解决学习国家通用语言这个关键。

"广东省前指主要领导为了能够寓教于乐,提高新疆各民族青少年学习普通话的积极性,创造性地提出了一个设想,将广东创作的优秀普通话动漫作品引进到受援地,在喀什地区广播电视台和各中小学及幼儿园播放,并把这一光荣任务交给了我。"肖凯明说。

这一设想并非凭空臆造,而自有其深刻的现实基础。

从树立高远理想到培育民族认同,许多的教育工作既需要从小"扣好人生第一粒扣子",又需要从课外抓起,在寓教于乐中让孩子们接受,这正是文化润疆之"润"的题眼。恰好,广东是我国的动漫大省,近年来所创作的《喜羊羊与灰太狼》《熊出没》等作品深受广大青少年的喜爱,让无数孩子在欢乐中度过了美好的童年。"可爱的动物形象天然没有文化隔阂，羊的形象和保护自然的理念也早已渗入当地群众的生活。因此，接到任务后，我马上把引进的目标锁定在这两部优秀作品上。"肖凯明说。

2021年春节，由广东省电视艺术家协会专职副主席邢瑛瑛同志牵线搭桥，肖凯明利用休假时间来到了拥有《喜羊羊与灰太狼》版权的广东原创动力文化传播有限公司（下称"原创动力"）。第一次与万里之外赶回广东的援疆干部打交道，原创动力公司负责人热情地接待了肖凯明，大家开展了深入的沟通与交流。

交流期间，肖凯明的一句话引起了原创动力管理层的极大兴趣："我有一个让《喜羊羊与灰太狼》涨粉500万的点子！"

"喀什地区有500万人口，青少年多达200万，羊是他们最为熟悉的动物和从小陪伴他们长大的'好朋友'，如果宣扬团结友爱的《喜羊羊与灰太狼》能够引进到广东受援地，一定会深受喀什地区大小朋友们的喜爱，喜羊羊也将成为民族团结进步的使者。"肖凯明进一步解释道。

一次合作，同享"双赢"，原创动力的管理层当即表示，能够为促进民族团结进步作贡献无比光荣，让"喜羊羊"涨粉也是一件大好事，当即决定将播放该动画片的权利免费授予喀什广播电视台。

特别的"六一"礼物

与原创动力类似，华强方特（深圳）动漫有限公司（下称"华强方特"）董事长、《熊出没》系列总导演丁亮也接到了广东省电视艺术家协会打来的电话。

"电话那头，协会的老师询问我，是否可以将《熊出没》等几个系列的动画剧集引入到喀什。"丁亮回忆道。

电话中，省电视艺术家协会透露，来自新疆的合作意向是由广东省前指的干部们带回来的，只不过这次的合作形式有些特殊——对方希望免费引进，而且点名要求公司最大的IP《熊出没》系列。

丁亮从没有去过新疆，自《熊出没》系列开播以来，"免费"的要求也比较少见。事实上，这也让肖凯明觉得难以开口。"最初接到任务时，我与宣传口的朋友商量,都觉得在市场化程度如此高的广东,完全不付费拿下两部热门作品有相当的难度。"

但详细了解情况后,丁亮的结论是:这是好事。

"我们早就知道新疆的孩子很喜欢我们的动画片,我们非常乐意让当地少年儿童看到我们的作品。尤其是位于南疆的喀什地区,我早就知道广东有对口支援工作,也一直希望贡献自己的一份力量。"丁亮说。

但是,作为一家成熟运营的现代化企业,华强方特的动画剧集基本是销售给各电视台、视频网站的,《熊出没》能不能"送"给喀什广播电视台播放?丁亮还要与其他董事商量。肖凯明也深知创作一部动漫作品需投入大量人力物力,经过一夜的研究,决定以鼓励争创文化润疆先进单位、树立企业良好形象和提升动漫作品影响力的角度与相关版权方沟通合作事宜。

出乎意料的是,这次公司的决策过程非常简单,公司中高层得知消息后,一致支持向喀什广播电视台免费赠送播放《熊出没》系列动画。"好像没什么好说的,我都不知道从何讲起。"丁亮笑着说。

华强方特的领导员工都觉得,让喀什的少年儿童看到国产优秀动画作品,其价值不能用金钱衡量,大家也齐心协力准备剧目,沟通对接,安排发送。按照往常经验,如与电视台开展商务谈判,从谈判开始到作品落地,花两三年都不稀奇。而此次向喀什广播电视台赠送动画剧集,全程只用了一两个月。

此外,在各方努力下,相关审批也畅通无阻。一方面,自了解到喀什广播电视台有意引入广东动画片后,广东省前指全程积极协调各部门,不少援疆干部用上了春节休假的时间,把工作做在前面;另一方面,广东作为全国动漫制作强省,此次赠送播放的《熊出没》《熊熊乐园》《喜羊羊与灰太狼》等剧集均十分成熟,几部作品走上"绿色通道",审批工作也顺利进行。

自2021年初至2021年4月25日,短短两三个月时间,广东优秀动画进喀什的设想成为现实。当日,华强方特、原创动力分别与喀什广播电视台签约,从2021年5月起,《熊出没》《熊熊乐园》《喜羊羊与灰太狼》等动漫节目将在喀什地区免费向少年儿童播出。

"赶在'六一'儿童节前,我们给喀什地区广大少年儿童送上了这份特别的礼物。"肖凯明说。由于社会反响较好,这两部广东创作的优秀动漫作品还在喀什全地区教育系统推广播出。

在动画中传递正能量

一年时间过去，好消息陆续从喀什传回来：《熊出没》《熊熊乐园》《喜羊羊与灰太狼》几部动画片收视长红，当地少年儿童愈发喜爱广东的优秀动漫作品。为表彰华强方特、原创动力两家公司对援疆事业作出的贡献，广东省前指授予其文化润疆先进单位光荣称号。

● 华强方特获得"文化润疆先进单位"称号（受访者供图）

● 原创动力获得"文化润疆先进单位"称号（受访者供图）

作为主创之一，丁亮认为《熊出没》系列动画片在喀什广受欢迎，某种程度上是一种必然。自2012年，《熊出没》第1集上线开始，该系列越播越火，受到全国乃至全世界观众的喜爱。丁亮有信心，喀什也不会是例外。

"喀什广播电视台的工作人员告诉我们，因为《熊出没》的主角是熊，它可以避免很多文化上的误会和差异，迅速与观众产生共鸣，特别适合进行文化交流沟通。"丁亮说。在动画中加入拟人化的动物，通过其表演来满足来自不同民族、不同文化背景的观众的需求，是《熊出没》《喜羊羊与灰太狼》等优秀动漫获得成功的共同特征。

生态环境保护的主题严肃而宏大，但借助憨态可掬的"熊大""熊二"，少年儿童可以在阖家欢乐的剧集中潜移默化地理解接受；在有深厚牧业历史的喀什地区，"喜羊羊"的形象更让当地群众感到亲切，羊儿们故事里的友情和亲情、勇敢和成长，都在幽默中被传递下去。

无论《熊出没》还是《喜羊羊与灰太狼》，都是已经连续播出九年以上的长篇作品。在喀什首播时，两家企业都对剧集作了精选，将其中制作最精良的部分毫无保留地分享给喀什地区的观众。"尤其是一些能体现中华文化及价值理念、中国人的生活方式的剧集，我们进行了重点推荐。"丁亮说。

一次次跨越万里的合作，也让丁亮对丝路的更远端产生了向往。

如今，华强方特旗下的主题公园也正在积极寻求机会向新疆延伸；华强方特旗下的各大IP，未来也可能在作品中融入更多"喀什元素"，让更多观众通过作品了解这个美丽的地方。

"我对西北是有感情的。这些年来，我陆续到过兰州、敦煌，如果有机会，我也想到新疆去，到喀什去，不留下遗憾。"丁亮说。

到广东看海！新疆人在这里走向世界

看海，是新疆姑娘祖木来提来广东的"初心"。

"不出新疆，一辈子看不到海。"在广东求学的四年时间，她去了东莞、珠海、深圳等地海边，但总是看不够，看不足。

看海，也是打开世界的窗。对祖木来提来说，广东是一个起点，扩大眼界、见所未见，从知识、思维、人际相处再到粤来语，都充满新奇，蕴藏无限可能。

最特别的，读书期间，她有机会参与电影拍摄，还是主角之一！

这部电影名为《新疆人在广东》，分五个单元，讲述了新疆人在广东的真实故事。

那是2021年4月，广东援疆干部肖凯明接到了一个援疆工作中最特殊的任务，负责组织策划拍摄一部电影，真实反映新疆籍少数民族群众在广东融入中华民族大家庭、追求梦想的事迹。

正所谓：好电影必须有好故事。肖凯明与广东省电视艺术家协会专职副主席邢瑛瑛等广东的影视艺术大咖迅速启程，前往广州、深圳、佛山、东莞等地，踏上了"寻角"之旅，其间竟非常意外地接受了一次终生难忘的民族团结教育。

"骨子里坚韧、坚强，还有对梦想的执着，对广东援疆的感恩，都特别打动我。"邢瑛瑛不仅是该片的剧本创作者和导演，还在影片中扮演了一位风风火火的街道办主任。她说，教这些普通的新疆老百姓演戏要花很多心思，但自己从他们身上也学到了很多很多。

自驾穿越大半个中国来粤创业

从西北内陆到东南沿海,一个女孩独自驾车穿越万里从新疆来广东,只为自己的创业梦想,这是《新疆人在广东》中《火了》开头的一幕,也是现实世界中阿依夏的真实经历。

这并不是阿依夏第一次来广东。2020年10月,她曾在深圳打拼,直播卖衣服,"不成功,不回家"。但是初出茅庐的她缺乏经验,市场竞争激烈,加上爸爸住院,她铩羽而归,暂时返回了新疆。要强的她不甘心就此放弃,而是选择从头再来。"一个人开车到广东,也是我想挑战自己的极限。"

和上次不同,第二次来广东,她选择了生活成本相对低、专业市场也更集中的广州。不过,创业依旧不易。"直播带货确实是没有我想象中的那么简单,竞争对手太多了。"最困难的是,抖音上的货款要25天左右才能到账,资金周转比较困难。

为了实现较好的直播效果,她狠下心在广州海珠区租了一套月租金4000多元的复式公寓。加上她将品类定位在上档次的职业女装,前期投入成本比较高,生意起步慢,她时常为付不起房租感到焦虑。

"这一栋楼12套房子都是我的,你哪个月生意不好就先欠着,赚到钱再补交。"广州本地房东大叔的话,豪气又暖心,让阿依夏稍稍安心。

对阿依夏来说,参加《新疆人在广东》电影拍摄的机会固然难得,但她并不愿就此中断自己的直播工作——那意味着当月很可能会入不敷出。"剧组干脆租了辆面包车,把她的直播间搬到了拍摄现场,没有拍摄任务的空当,她就地做直播。"种种艰辛看在眼里,邢瑛瑛被她的拼搏精神打动。

馕是新疆人的传统食物,干燥的情况下可以存放很久。阿依夏在抖音发布的第一个视频,就拿着一个馕,告诉观众也告诉自己:作为一个来自新疆的女孩,不知前方怎么样,但会一直坚持。

如今,这个馕还放在阿依夏家里的冰箱中:与其说是以防万一的救急,不如说是日日提醒的激励。

同样来到广东打拼的还有电影片段《超越》中的阿力。

阿力全名阿力穆江·艾力,曾在广东援疆企业疆果果上班,2019年来到广州开拓市场。一到广州,阿力就喜欢上了这里,发展环境、人际关系,无一不好。最开心的还是大家见面都喊他"靓仔",虽然很快明白这是广东人打招呼的"通行语",但还是百听不厌。

在电影中,阿力对员工很严厉,但又愿意带着新人逐一上门拜访客户,即使吃了闭门羹也坚持不懈。这也是他本人的写照:推广产品时有时连客户的门都进不去,讲解推荐成功率也不高。慢慢地,有一些客户被他们执着的劲头打动。当然了,更重要的是,客户尝了他们带过去的产品——新疆水果实在是太好吃,实在忍不住下单。

从一线员工到团队负责人,2019年开始,连续三年,他都是公司的销售冠军,其中2020年带领团队完成1400多万元的销售额,实现了他在工作上的一个小目标,他也通过销售新疆特产给家乡的果农带去了致富的希望。

与阿力不同,克马利·克热木是自己做老板,在广东发现了新的商机。

正如电影片段《新广东人》里的角色,克马利·克热木在广东开了家具专卖店,妻子和子女也都在身边,生活过得有滋有味。

这源自8年前的一次出差。

● 导演邢瑛瑛(左)与演员交流(受访者供图)

当时，克马利·克热木在新疆做日用品外贸生意，市场对家具和建材需求比较大，就带着俄罗斯客户来佛山订货，"家具非常好，差价也不少，商机很多。"来过两次，在家里院子来回走了半天，他下了决心：到广东发展。

再之后一发不可收，他租了门面开了家具店，还在佛山乐从开过两家餐厅，生意红火。

"我没想到，这里的夏天比新疆还热，但是这边的人和发展环境吸引住了我。"为了一家团圆，他将在乌鲁木齐当小学老师的老婆、上小学的女儿，还有刚出生的儿子，都接到了佛山。

"感觉自己还有很多潜力"

漫步在虎门销烟遗址，想象着一百多年前，人潮鼎沸，在林则徐的指挥下，万千烟土融入池水、化于江海，祖木来提思绪万千。

在她的家乡，新疆伊犁，也有一座林则徐纪念馆，正是为纪念其在虎门销烟后被贬新疆而建。"一下就感觉，新疆和广东的距离也不是那么远。"祖木来提说，一种爱国情愫油然而生。

在电影片段《志愿》中，祖木来提扮演一个在广州闯荡的新疆女孩，一场误会中得到警察叔叔的帮助，萌生了考警校的愿望，最终成为一名光荣的人民警察。

有意思的是，电影中有一场戏是祖木来提参加高考，不小心把准考证落在家里，而现实中，她在广东医科大学东莞校区上学，拍摄那段时间，正好临近毕业。

"毕业考试一结束，剧组的车就已经在等着，拍摄结束的当天晚上，就回学校准备毕业答辩，全都挤到一块了！"祖木来提说，拍摄那一周是她有生以来安排最紧凑也最充实的时光。

第一次拍摄电影，也是一个不断突破的过程。

在高考那场戏里，警察叔叔带她回家拿准考证，她从惊慌到安定，情绪转换要求比较高，反复拍了几次，导演都不满意。

"在大学偶尔会做兼职模特，但是静态和动态的表情管理差距很大，我觉得已经全力去做了，但从摄像机上看还是不够饱满，就要再重来，感觉很自责。"祖木来提说，好在导演虽然严厉，但也很有耐心，一点点引导她去突破。

为着美好生活不断奋斗，正在成为他们人生新的精神特质。"突如其来的机会，也是生活中很特别的尝试，对我来说是很大的挑战，也让我变得更加勇敢，比之前自信了一点点，感觉我自己还有很多潜力可以挖掘。"

这样的体验不仅发生在祖木来提这样的表演"素人"身上。在电影片段《选择》中担纲主角的依力凡，现实中的身份是广州歌舞剧院首席舞蹈演员，曾带着舞剧《醒·狮》《龙·舟》等在全国各地巡演，有丰富的舞台表演经验。

在电影结尾，依力凡伴随着《我爱你中国》跳的那一段舞蹈，身姿潇洒，情感饱满，感染了很多人。

"我非常热爱表演，自认在歌舞剧里也算是'闪闪发光'的角色。但是，镜头前和舞台上的表演还是不一样，我很想看看能有怎样的提升。"依力凡在拍摄中，不断调整自己的表演状态，慢慢找到了拍电影的"感觉"。他说："艺术是相通的，只是表演时拿捏的那个度有所区别，以后再拍摄影视作品，心里更有底了。"

在艺术生涯中，依力凡不断寻求突破，这也是他性格的映照。10岁之前，他在新疆，10岁到22岁在北京，虽然很喜欢那里但并没有就此扎根。"一直在北方，就想换一个地方，到更远的地方去了解那里的文化。"于是，沿海的广东成为他的下一站。

他庆幸的是，这样的选择被证明是值得的，他在事业上不断突破，还收获了爱情。"我到广东已经是第五个年头了。其实，一来我就爱上了这里，爱上这里的文化，爱上这里的城市魅力。"

这是很多在广东新疆人的共同心声。

"广东包容性很好，治安很好，很轻松，岭南文化很有趣，能吸引我们。最关键的是，在这里，只要学习好，不断努力，就会被人提拔、看重，获得机会。"克马利说。

来广东9年多，克马利已经完全融入当地生活，除了每周会和新疆老乡聚会、唱歌跳舞之外，从饮茶到做生意，他已经是地道的广东人。

让他感触最深的，是广东作为改革开放先行地，得风气之先，发展态势非常积极向上，城市规划建设也很优秀。"在广东，我和孩子们的思维都更开放了,做生意、交朋友的圈子也更大了。"

希望带着姐姐来广东看海

"我在抖音上一搜才知道,有这么多新疆人到广东生活、创业。"借着拍摄电影找演员、找故事的机会,邢瑛瑛第一次深入地走进这个群体。

5个电影片段,全部都是根据真实故事改编,并由故事原型本色出演,这既是《新疆人在广东》的特色,也是挑战所在。

在拍摄《新广东人》单元时,邢瑛瑛专门找来老师对克马利一家进行"一对一"的语言辅导;《超越》中的阿力反而要训练说更有"新疆味"的普通话;为了再现《火了》里阿依夏做直播的场景,邢瑛瑛发动全剧组100多人在拍摄中用手机进直播间留言、点赞……

对邢瑛瑛来说,这些还都是技术细节。"故事最好看的是情感,主题可以宏大,但人物关系一定要细腻、真实。我们希望反映出广东商业大潮的那种力量,特别是给在广东的新疆人带来的观念上的改变。"

这样的改变,并非电影虚构,而是实实在在发生着的。

"上大学不仅仅是为了找工作,而是充实、提升自己,这样无论经商还是从政,都有更高的素质和修养。"克马利说,在新疆当地,很多家庭送孩子读大学的初衷是毕业后考公务员、找工作,赚钱养家。到了广东才发现,大学生多,有能力的人更多,很多人选择自主创业,这里的基础设施和政府服务,也都强调以人为本,创造便利条件鼓励创新创业。

祖木来提也有同样的感受。来广东之前,她一直觉得,家人供她读书,意味着毕业就要马上回新疆工作,报答他们。"不一定要毕业后马上有回报,而是说,只有我自己变得更好,才更有能力让家人过得好。"

"每一次想回家,都对自己说,一定要奔着梦想坚持奋斗。"阿力穆江·艾力坚信,有多少付出就有多少回报,机会只留给有准备的人。让他印象最为深刻的,是广东人对效率的强调已经深入骨髓:"新疆人说马上到,往往还要半小时。在广东,过了5分钟,这笔生意就不等你了。"

到广东,改变的是观念,更是人生轨迹。

"现在有疫情,客流少了,家具店每月2万多元的租金压力有点大,今年到期后暂时不续租了，但是老客户都在，生意继续做。"2022年，克马利对前来拜访的朋友说，一旦疫情过去，就重新开店，而且要做得更大。

克马利的今天，有着阿依夏梦想中明天的影子："希望能在广州买房定居，把父母接到身边，在这里结婚生子，让孩子们受到更好的教育。"

阿力如今回到新疆喀什，也自己做起了老板，将更多的新疆水果、干果、坚果卖到广东。"以前的阿力啥都不懂，广东援疆改变了我，我想了很久，感谢的最好方式，就是对社会作更多的贡献，希望做一个桥梁，把广东的优秀文化带回新疆，把新疆的好产品带来广东。"

在电影中，依力凡为了专心参加舞剧排练，拒绝了女朋友莎莎找来的商业演出机会，成为剧中矛盾冲突最剧烈的场景之一。

在现实中，他和莎莎互相磨合、互相扶持。"她经常探我的班，但是我没太多机会去探她的班。各有各的不容易，好在，我们都在各自的圈子里发光发热，这是个特别好的事儿，希望一切都越来越好。"依力凡动情地说。

为了照顾家里，祖木来提暂时回到了新疆伊犁，目前在一家药企上班。

但这并不是故事的结束。

"希望把家里的事情安顿好，再过来广东找机会，继续读书或者找工作。"祖木来提说。她的一个姐姐从小在新疆读书、上班，每次听她说起在广东的故事，满眼都是羡慕。

● 《新疆人在广东》剧照（受访者供图）

早一点，再早一点，带着姐姐一起来广东看海。这就是祖木来提现在最大的心愿。

新时代的新疆逐梦人

更多的感人故事，发生在影片之外，发生在援疆干部和新疆朋友因拍片结缘的相逢中。

在东莞，肖凯明遇到了一位来自新疆石河子市的维吾尔族小伙子，第一次见，就被他标准的普通话深深地折服。小伙子说，掌握流利的国家通用语言非常重要，既可以跟不同民族的艺术家交流学习，又可以更好地把本领传授给更多人。

小伙子原先在珠海一个大型旅游区当舞者。"你的踢踏舞跳得实在太好了！"一位来自东莞的小学校长找到他，邀请他去当舞蹈教练。小伙子爽快答应下来，到东莞后很快成为孩子们崇拜的"舞神"，当年就帮学校拿到市里表演比赛一等奖，打出了名气。小伙子萌生了新的梦想：开一家自己的舞蹈学校。但舞校对场地的要求高，还不能扰民。在同事建议下，他抱着试一试的想法到当地派出所求助。没想到，民警们不仅主动在下班后开着私家车载他一起找场地，还自筹10多万元钱借给他补足资金缺口。回忆起当时的情形，小伙子至今激动不已：热心的东莞民警是他遇见过的最可爱的人。

舞蹈事业生根开花，爱情也如期而至。一次，他受邀参加海南一场大型演出的舞蹈编导工作，遇见了一位刚从海南大学毕业的汉族女孩，两人很快擦出了爱的火花。

有了爱情相助，事业如虎添翼。小伙子专注于擅长的踢踏舞，女孩则结合新疆的民族舞蹈，创作出许多适合城市白领学习的舞蹈节目。经过几年努力，小伙子还带领学校的孩子们多次在国际踢踏舞比赛取得冠军，甚至还去日本领奖。

民族的才是世界的，身为中华民族大家庭一分子的骄傲，荡漾在更多在粤新疆人的心田。

古诗云独在异乡为异客，但这句话却不适合援疆干部在佛山遇到的一位维吾尔族小伙子。他来自新疆和田地区，以优异成绩考入了西安交通大学，在快毕业时，以扎实功底和诚恳态度如愿进入美的公司。在这里，来自不同民族的员工对他都非常热情，主动地帮他提高普通话水平，甚至把一些经销商朋友介绍给他，帮助他成长。小伙子也非常争气，一年内就成为公司销售明星，生活也更加丰富多彩，时常与不同民族的年轻人一起踢足球、旅行，享受着现代生活带来的美好。

数年后，他也开始追逐自己的创业梦：成立一家属于自己的公司，代理美的公司生产的产品，实现了从员工向老板的跨越。

援疆干部和广东省文联的艺术家来到小伙子的公司采风时，他的公司已经有了10多名员工。当援疆干部问他，来广东后什么让他印象最为深刻时，小伙子略加思考后回答说："有四个字在我心中最具分量，就是'中华民族'！我之所以能够来广东工作，成立属于自己的公司，完全是靠各族朋友的热忱帮助，是他们让我感受到了中华民族大家庭的温暖。同事朋友们从来不把我当外人，我也一直把他们当亲人。"

在采风结束时，小伙子意犹未尽地说："我一直有一句话想告诉新疆籍的同胞们，希望他们勇敢地走出来。特别是像广东这样的地方，只要你愿意参与社会公平竞争，你就会赢得大家的尊重，获得大家的热情帮助，假以时日必然获得成功。我为自己能够成为中华民族的一员感到骄傲与自豪！"

为拍摄电影采风的过程中，援疆干部们发现，在广东这片热土上追逐梦想的新疆籍少数民族同胞，还有很多很多……

他们中有人和自己的发小一起来到深圳创业，尽管门店不大，做的也是传统的手机生意，但却凭借自己的聪明才智，月营业额超百万元；有人凭借自己打馕的手艺，把新疆特色菜引进到深圳大都市，从一间小店做起，成了当地有名的网红餐厅；也有人怀着梦想来到广州，从事销售新疆优质干果工作，仅用了几年的时光就成了公司的业务明星，年收入超40万元。

援疆干部和广东文艺创作者们从他们精彩的人生故事中提炼出了电影脚本，在拍摄时也请在广东工作生活的新疆籍少数民族群众本色演出、自己当主角。这些演员高兴地说，在广东不仅实现了创业梦，今天还实现了明星梦！

是的，这些来自新疆的少数民族同胞与所有广东人一样，都是中国特色社会主义新时代的逐梦者。

舞出南疆新风尚

4月的新疆，早晚仍有凉意，疏附县一中的操场上却是一阵欢腾。伴随时而欢悦、时而密集的鼓乐声，舞狮运动员闪、躲、挪、腾、跳，在一米多高的桩上完成托举、上肩、采青等高难度动作，让观众心跳加速。

这是2022年广东援疆疏附县首届中小学"石榴籽"杯狮王争霸赛总决赛的场景。在广州援疆工作队和疏附县教育局的主办下，全县24支中小学师生队伍以精湛的技艺尽情展示南岭醒狮的风采，将狮子的"喜、怒、乐、猛、惊、疑、醒"等神态表演得惟妙惟肖，不禁让人想起振奋了一代国人的电影《黄飞鸿之狮王争霸》中的舞狮场景。

多年来，广东充分发挥特色文化优势，在受援地广大农村和企业普及推广舞狮舞龙、赛龙舟、戏曲表演等中华优秀传统文化活动，结合维吾尔族为主的喀什地区少数民族能歌善舞、活泼外向的特点，以"文化润疆"搭起一座连通两地群众心灵的精神桥梁。

在广东援疆的支持下，624支舞龙舞狮队在新疆大地舞动起来，不少队伍还走上全国舞台，获得荣誉。伽师县龙狮队、英买里乡中学龙狮队分别获"龙腾狮跃"贺新春2022年全国龙狮网络大联动舞龙舞狮组一等奖、三等奖；广东省前指驻疏附县工作队编排的节目《民族团结一家亲》《雄狮少年勇向前》分别获得第十三届全国舞龙舞狮锦标赛创意龙狮一等奖、2022年全国龙狮网络大联动舞龙舞狮组一等奖。

黄飞鸿来了！拜合提亚尔圆了"舞狮梦"

中国舞狮运动历史悠久。广东舞狮属于我国舞狮技艺中的"醒狮"，是融舞蹈、音乐、武术、技巧等于一体的民间艺术和民俗传统，被列入国家级非物

第五章　文化润疆沁人心

● 以伽师县夏普吐勒镇龙狮队为基础的伽师县农民龙狮队在中国龙狮运动协会举办的 2022 年网络龙狮大联动活动中获得一等奖（受访者供图）

质文化遗产名录。2018年5月，广州援疆工作队把舞狮文化带到了疏附县，让这一中华传统体育项目在西部边陲散发出了迷人的光芒。

疏附县一中，是疏附县龙狮文化最早扎根的地方。

2021年考上新疆理工大学的拜合提亚尔2018年在上高一，正好赶上醒狮来到校园。第一次看到广州来的教练表演舞狮，看到那又萌又威武的广东醒狮上下腾挪，他第一个反应就是"黄飞鸿来了"！

"好激动呀！"拜合提亚尔说，在他的童年记忆里，电影《黄飞鸿之狮王争霸》绝对是最震撼的电影，没有之一。对于崇尚力量的小男子汉来说，黄飞鸿的狮子，代表着民族气节，代表着百折不挠，更代表着男子汉的阳刚之气和大义凛然。听说学校要成立舞狮社团，他兴冲冲第一个跑去报名。

但进了舞狮社团他才知道，舞狮可不简单，是要付出极大的体力和毅力的。四五公斤重的狮头要一直举在头顶上，少则三五分钟，多则十来分钟，一场表演下来，胳膊每每酸疼无比。最初报名的50多个学生，体质合格留下的只有12个。

训练很苦，但这些小小男子汉都咬牙坚持了下来。2018年底，训练了两个多月的一中舞狮社团首次登台亮相，参加了广东省前指"一带一路"狮王争霸赛，一举获得第二名的好成绩。紧接着他们又参加了2019年的喀什地区春节联欢晚会，成了最受欢迎的节目。一中的舞狮出名了，乡村大舞台、工业园区的庆典、地区的各项文化庆祝活动，都来邀请他们去表演，几乎疏附县的每个村落，都留下了他们的身影。

2021年考上大学以后，拜合提亚尔发现大学没有龙狮，这让热爱龙狮文化的他心里直痒痒，他决定带头成立龙狮社团。

为了买"狮子"，拜合提亚尔利用课余时间出去打工，挣到的第一笔钱就买回一头醒狮，2021年寒假又买了一条"龙"。在这样的努力下，拜合提亚尔带动全校20多个喜欢龙狮的小伙伴加入社团。他自费买龙狮的事儿传到了陪他舞龙舞狮三年的援疆教师魏开源耳朵里，魏开源备感欣慰，把情况反馈到了广州援疆工作队，广州援疆工作队从援疆资金里为他争取5头"狮子"，拜合提亚尔将舞狮传承下去的信心更强了。

抛醒腾挪，"广东醒狮"舞在新疆

上百只"狮子"在鼓乐节奏下，跳跃、翻腾、扑闪，动作规范，眨眼、进食、翘首，神态传神。

这是2019年，第三师图木舒克市第二中学运动会开幕式上的一幕，如此大规模的舞狮表演在当地还是第一次，效果可谓震撼全场。

"舞狮表演一般只有十来个人一起参加，但我想让更多的孩子，尤其是渴望了解中华传统文化的维吾尔族孩子，通过舞狮学习中华传统文化。"维吾尔族教师阿力木江·吾布拉孜说。2019年3月，阿力木江参加了由东莞援疆工作队组织的舞狮培训，舞狮背后蕴含的传统文化深深吸引了阿力木江。经过勤奋学习，阿力木江不仅能够安排舞狮课程，还利用业余时间学会了打鼓。

正如他所愿，此次"百人舞狮表演"让阿力木江和他的舞狮队声名远播，第三师图木舒克市的各种大型活动总能看到他们的身影，越来越多的人开始了解并爱上舞狮文化。

阿力木江利用自己的专业优势，将体育训练的专业知识与舞狮训练结合

● 2022年1月8日，伽师县举行广东援疆"龙狮文化进伽师"文艺汇演（受访者供图）

起来，让孩子们在学习舞狮的过程中强化意志、强健体魄。他还给孩子们讲述舞狮的传统文化故事，孩子们知道了舞狮文化蕴含了中国人民对吉祥丰收的向往，知道了广东醒狮背后的爱国情怀，知道了"中华狮王"黄飞鸿，知道了胡华盖等南派舞狮传人几次赴疆不遗余力弘扬传统文化的赤诚之心。孩子们将传承传统文化的热情融入舞狮"抛醒腾挪"的招招式式中，融入铿锵有力的声声鼓点中。

学生艾力夏提·阿不都热依木说："希望继承爱国传统，弘扬中国精神，这些是我们中国人的精神内核，我要通过舞狮将这种文化一直传播下去。"看到又一代孩子成为非物质文化遗产的传承者，阿力木江满心欣慰。

在东莞援疆工作队长期不懈的支持下，阿力木江·吾布拉孜带着孩子们用舞狮叩开了中华传统文化的大门。

南疆首支农民舞狮队诞生记

在南疆，舞狮早已走出校园，走进更多新疆群众的生活里。

第三师图木舒克市的东风农场，地处昆仑山北麓，如今不仅有鲜甜瓜果的香气扑鼻，更有舞狮表演的文化怡人。

那是2018年4月，兵团援疆办和广东省前指在东风农场联合调研。一个问题引发大家的思考：能否在东莞引进一些传统的民间文化艺术到南疆来，丰富当地各族群众的文化生活？经过讨论并结合当地实际，大家决定将醒狮表演引进到东风农场。

说干就干。东莞援疆工作队迅速投入专项资金购买舞狮表演所用的狮头、锣鼓、服装、音箱等相关设备。2018年4月20日，东莞市派出的专业教练到位后，在东风农场挑选了10名职工组建了南疆地区第一支农民舞狮表演队，队员平均年龄36岁，由三连副连长亚生·喀吾力担任队长。经过十天的训练，5月1日，东风农场舞狮表演队首次登台亮相就赢得了满堂喝彩。

东风农场舞狮表演队试点的成功，在第三师图木舒克市甚至南疆地区引起了连锁反应。在东莞援疆工作队的支持下，第三师图木舒克市红旗农场、托云

● 白狮操（受访者供图）

牧场、四十一团、四十四团、四十六团、五十一团也有了自己的舞狮表演队，喀什地区部分县市校园也引进了舞狮表演，作为一项体育活动。

除了舞狮队、龙舟队外，东风农场也成立了其他少数民族职工、群众文艺队，目前已经发展出文体骨干队员40余名。

醒狮表演队的成功组建，丰富了农场各族群众的文化生活，赢得了当地职工群众的喝彩。2019年6月，东风农场还与东莞市高埗镇50余名群众代表携手参加2019年高埗镇传统龙舟节龙舟趁晚景文艺会演，东风农场职工群众文艺队表演了《农场的春天》《喀什赛乃姆》《刀郎舞——民族团结手拉手》等文艺节目。

陆地行龙舟，在新疆感受"劈波斩浪"

> 古老的东方有一条龙，
> 它的名字就叫中国。
> 古老的东方有一群人，
> 他们全都是龙的传人。
> 巨龙脚底下我成长，
> 长成以后是龙的传人。
> ……………

这首经典老歌，被疏附县的老师和学生唱得气势恢宏、激情澎湃。而"觉醒"疏附师生"龙的血脉"的，正是广州援疆工作队和援疆的老师们。

疏附县一中的赛场上，三艘陆地龙舟正在你追我赶，奋力前行，魏开源和一中老师艾尼瓦尔同在一艘"船"上，一个一脸严肃，抿着嘴用力地击打着鼓点，一个配合默契喊着口号："一，二，一，二，加油！"鼓声震天，和着赛道旁围观师生们的呐喊声，让整个校园都充溢着一股振奋人心的力量。

援疆老师魏开源特别喜欢这样的氛围：浓烈又十分温暖，昂扬又充满激情，同舟共济的感觉令人振奋。

龙舟是中国龙文化中的重要组成部分，承载着强烈的家国情怀和集体主义精神。但龙舟运动受环境所限，以前有水域处才有龙舟。陆地龙舟打破了这一桎梏，任何地方都可以进行这一项有着深远意义的体育运动。

广州援疆工作队引进陆地龙舟后，有着龙舟赛经验的魏开源成了疏附县第一批"拓荒者"。

"孩子们看到龙舟特别激动，新奇得不得了，有的孩子胆大，直接爬到龙舟里去拿着桨开始划。"想起当时的场景，魏开源忍不住一脸笑容。

"在学习划龙舟的时候，老师学生都学得特别认真。终于同心协力让龙舟在赛道上开始向前滑行的时候，孩子们都兴奋地尖叫起来，一口气让龙舟沿着整个操场转了一圈，累得满脸通红可是都情绪高昂。"魏开源说。

赛龙舟的间隙，孩子们听了一堂关于龙舟来历和传说的讲座。屈原的故事让所有的孩子都表情肃穆起来。疏附县一中初二（2）班的阿不都艾尼说："原来赛龙舟也是为了纪念伟大的爱国主义诗人屈原，我以前只吃过端午的粽子，知道粽子是纪念屈原的，现在我要加入龙舟队，和队友们团结一心，把屈原的爱国精神发扬下去。"

"广州援疆工作队还在乡村教师中培育了一批赛龙舟队伍，他们非常用心，已经学习掌握了全部的技巧，以后就是教练了，我的搭档艾尼瓦尔就是其中之一。现在，龙舟在疏附县已经成了体系，做到了有教有练有比赛，这样一来，龙舟竞渡这个活动才是真正的有情怀、可持续、可传承。援疆教师走了，龙舟还是一样可以在疏附县的校园里'劈波斩浪'，这样，龙文化就能薪火相传，点燃疏附各族人民的心灯。"

"我们也能舞吗？" "能！老师可以教"

在南疆大地上，越来越多的孩子爱上舞狮、龙舟等"粤味"浓郁的传统文化。

初夏时节，疏附县的校园里玫瑰竞放，暗香流动。每天早晨8时，许多人还在睡梦中时，明德小学的操场上已经一片沸腾，20名身着彩衣的孩子分成男女两队，举着威武霸气的彩龙，迎着初升的朝阳，忽而摆头忽而昂首，龙身随着龙首起伏翻腾。舞龙的孩子们脸上挂着汗珠，但个个精神抖擞，满怀激情。他们的老师邬建勇在一旁大声地指挥着："艾克拜尔，手向左边用力，对对！阿布都艾尼，跟上步伐！好，很好！"

这20个孩子都是邬建勇挑选的"衣钵传人",别看年纪小,功力可不浅,每一个人都动作娴熟、神采飞扬,把华夏五千年的"龙"之精髓演绎得出神入化。

说起明德小学的舞龙队,邬建勇笑着说:"这还是无意中'激活'的呢。"

有一次邬建勇在学校的库房找东西,无意间发现了一条"龙",据说是以前援疆工作队捐赠给学校的,但是因为学校没有人会舞龙,这条"龙"就"沉睡"在了库房里。

邬建勇在援疆前就是学校舞龙队的教练,看到有"龙",内心一阵激动,决定要唤醒这条睡龙,让孩子们领略传统龙文化的魅力。他把"龙"拿出来后,孩子们也都特别好奇,围着他和"龙"叽叽喳喳的,邬建勇对孩子们说:"你们见过舞龙吗?这个就是舞龙用的训练龙,虽然它的结构简单,但是一样可以舞出中国威风!"孩子们睁大了眼睛:"我们在电视上看过舞龙,春节的时候我们国家好多地方都舞龙庆祝呢!特别好看,我们也能舞吗?""是啊,我们也能舞!老师可以教你们。"

带着浓浓的期盼,孩子们和他把"龙"重新扎好,还从家里拿来针线,一针一线把破了的地方缝补整齐。为了不影响正常上课,邬建勇和喜爱舞龙的孩子约定,每天上午8时到9时半,下午7时半到9时训练,班里几十个孩子都争着报名,这让邬建勇既意外又感动,经过考虑,他挑了10个身体素质好,家离学校也近的男孩组建了学校第一条"龙"。

从2018年5月起,广州援疆工作队开始在疏附县推广龙狮文化,安排有专业龙狮表演资质的援疆教师培养学生和龙狮教师。截至2022年下半年,疏附县已组建龙狮队伍200支,龙狮教师200名,实现全县所有乡村中小学校龙狮教练员全覆盖,拥有多所龙狮文化特色学校。邬建勇的"龙"队员也得到了"扩充",组建起了男女两条"龙"。

在广州援疆工作队组织的舞龙文化专题讲座上,孩子们第一次听到了龙的传说故事、成语谚语以及舞龙的由来,比如古代帝王为什么说自己是真龙天子,龙生九子是哪九子,为什么说大水冲了龙王庙之类,故事生动好听,孩子们听得都入了神。

"我在喀什有亲人" "我在广东有个家"

2022年7月10日,肉孜买买提·胡加的家中格外热闹,除了亲朋好友外,最重要的是家中还迎来了两位从广州远道而来的"亲人",肉孜买买提·胡加的"哥哥"马成坚和他表弟萨成杰,大家围坐在一起,吃团圆饭,载歌载舞,共同庆祝古尔邦节。

56年前,年仅16岁的肉孜买买提前往广州学习,由于水土不服突然晕倒,负责接待工作的马成坚蹬着三轮车送他到医院,肉孜买买提转危为安,自此两人结下来半个多世纪的兄弟情。

随着近年来广东援疆的持续推进、粤新交流的增多,像这样没有血缘关系的亲情在更多家庭之间延续、传递。仅在疏附县,就有300余名援疆干部与当地群众结亲结对。

2022年,广东省前指获得自治区"民族团结进步示范单位"光荣称号。广州援疆工作队作为全国19个援疆对口省、市唯一市级代表,也于2020年荣获自治区"民族团结一家亲"活动先进集体称号,还助力疏附县于2021年获评"喀什地区民族团结进步示范县",于2022年获评"自治区民族团结进步示范县"。

荣誉背后,是万里山水也化不开的浓浓民族情。

跨越万里的生日会

"生日快乐,穆巴!"通过视频连线,在广州的5岁半小姑娘徐嘉言为远在新疆的穆巴热科·麦合木提送上生日祝福,还在钢琴前弹奏了一曲欢快的《生日歌》。

这是穆巴热科·麦合木提12岁生日会上的一幕。

故事要从一年前说起。2021年6月，根据广州援疆工作队和疏附县民族团结创建办的统筹安排，当时有20户广州小学生家庭和疏附县小学生家庭结亲结对，来自广州的援疆干部徐志谦与穆巴一家就此结缘。

"第一次到穆巴家里，两家小孩都非常兴奋。穆巴还没坐过火车，也很好奇外面世界是怎样的。"徐志谦回忆说，大女儿和穆巴年龄相仿，孩子们总有说不完的话，穆巴家人也特别热情，现场擀面烤包子，两家人从下午吃到晚上，徐志谦一家走的时候难拒盛情，带走了不少当地特产，都是新疆家人们回赠的礼物。

2022年5月29日，是穆巴热科·麦合木提的生日。徐志谦提前准备好了一个大蛋糕，早早地前来为她庆生，还现场拨通与广州家里的视频连线，小女儿徐嘉言稚嫩而真诚的祝福，让生日会现场更加温馨。

"你有没有想看的书？等暑假我们过去带给你！"聊天中，大女儿徐晨嘉十分期待接下来的暑假，两家人能有机会再次见面。

从沙漠边疆到粤港澳大湾区，现代通信技术让面对面交流可以跨越千山万水。在人生中重要的时刻，收到了自己内心一直挂念的、远在广州的家人的祝福，穆巴激动不已。

纸短情长，书信同样显出新疆与广东的深情厚谊。

"广州是祖国的南大门，新疆是我国西北灿烂的明珠。虽然我们相距遥远，但我们拥有一个值得骄傲的伟大母亲——中国。中华五千年历史文化把我们紧密联系在一起……"在家人的鼓励下，夏依达·阿布力海提江用流利的普通话，朗读着广州的"哥哥"手写的信件。

这天晚上，广东援疆干部肖凯明到夏依达家中做客，带上了儿子写给夏依达的信。夏依达的爸妈则准备了一桌代表心意的家常菜，端出时令瓜果，盛情招待这位广东来的亲人。

不消说，夏依达一家和肖凯明一家就是结对的"亲戚"。

同样感受到广东人"温度"的还有阿丽亚一家。

"最近学习怎么样？家里冷不冷啊？"2022年新年伊始，广州援疆干部郭文提着油、米、面粉和羊肉，带着自己精心准备的礼物来到结对的"亲戚家"，和民族亲戚一起共度元旦，送去节日的祝福和问候。

临走时,"结对亲戚"家里的孩子阿丽亚眼中饱含泪水,拿出自己写好的一封信送给郭叔叔:"您每次来的时候,都会给我带衣服、营养品、学习用品等,现在我每次考试都能进前五名,我和哥哥姐姐、弟弟妹妹都非常想念您!今天是新年第一天,祝您新年快乐,万事如意,身体健康……"

通过这样的结对,广东援疆干部在喀什有了亲人,喀什的民族同胞在广东也多了一个家。这些家庭之间没有血缘关系,但通过密切的交流与联系,相互结下了胜似亲人的深厚情谊。

让徐志谦记忆犹新的是,那次生日会之后,因为当地风俗特别看重12岁生日,穆巴所在的家族还专门在饭店聚会,给穆巴庆生,亲戚坐满了足足六桌,"他们从穆巴一家那里知道了我们,我走进去之后,他们全都站起来,围到我身边,非常亲热,都说广东人好,真的把我们也当作兄弟姐妹"。

2022年初,在广东援疆的协调下,穆巴等结对家庭如愿来到广州游玩,和广州的家人们一起去了永庆坊、粤剧艺术博物馆、广州塔……"对新疆的孩

● 穆巴一家和徐志谦(右五)参观援疆产业成果(受访者供图)

● 2022年春节，穆巴和家人来广州集体"走亲戚"（受访者供图）

子来说，这是埋了一颗精神的种子，让孩子意识到我们都是中国人。援疆的任务期是三年，但是孩子们在一起慢慢长大，两家人结对的时间可以很长、很长。"徐志谦说。

"姜爸爸"和"疆娃娃"

徐志谦印象最为深刻的，是穆巴一家的善良淳朴和热情好客。"每次去串门，他们不光做出一大桌的美食招待，临走时总要给我们装满大包小包。"而令穆巴印象深刻的是她第一次离开生活了12年的家，来到陌生又熟悉的广州。

团聚是每一个家庭最朴素的向往，结亲结对的家庭也不例外。许多新疆孩子的新年愿望就是"去广州"，到广州援疆干部们生活的地方看看。

2022年春节期间，在广州援疆工作队的推动下，首批10名疏附县小学生来到广州，参加"民族团结一家亲　穗疏人民心连心"新疆喀什地区疏附县民族团结交往交流交融活动。在高挑的"小蛮腰"下,在如画的白云山上,孩子们一起欢呼、合影,眼里盛满了幸福的光芒。"现在我在广州也有家了,徐爸爸和姚妈妈一家就是我在广州的'家'!"穆巴热科·麦合木提说。

同年暑假,39名小学生从疏附县来到广州,参加"石榴籽一家亲、粤新同行新时代"2022年穗疏青少年夏令营活动。穗疏两地青少年真情交流、一起画画、写目标、在同心林种石榴树与木棉花,共同度过了一个难忘而有意义的假期。

"这是我第一次来广州,这里特别繁华,广州的小伙伴也特别热情。我一定会努力学习,将来去更大的世界看一看。"疏附县托克扎克镇中心小学学生热合衣曼·库尔班高兴地说。

来自新疆的小学生来穗"走亲戚"、结对"认亲",各族家庭常来常往,感情越走越亲,新疆孩子也感受到沿海地区不同的风情和生活环境。

手足相亲,守望相助。近年来,广州拓展深化民族交往交流交融,推动广州市11个区、114所学校、384名援疆干部与当地政府、群众结对结亲,积极推进"5·28"民族团结行动计划,推动疏附青少年与内地各族青少年手拉手、结对子、写书信、参加夏(冬)令营,常态化开展"我在广州有个家""我在新疆有个亲戚"等交流活动。

在这过程中,"姜爸爸"和"疆娃娃"的故事传为美谈。

"姜爸爸"是广州市海珠区人民医院(现海珠区中医医院)呼吸内科副主任医师姜维,2011年2月20日,他作为首批援疆技术人才来到广州对口支援的喀什地区疏附县。

"不到1米2,像从土里面捞出来似的,望着我的眼睛却特别纯净。"姜维的心被揪了一下。这是他第一次见到排尔哈提·麦麦提敏的情景。他清楚地记得,那是一个飞沙走石的大风天,这个9岁多的男孩来医院看望患有肺心病的爷爷。

排尔哈提·麦麦提敏的爷爷出院后的一个下午,姜维正准备下班,看到守在门口的排尔哈提·麦麦提敏。姜维担心出了什么事情,同事翻译转告他:"没事,他就是想看你一眼,说你是个好人。"这个乖巧的新疆男孩走进了姜维的心里。

转眼到了杏花开的季节,姜维来到了塔什米力克乡排尔哈提·麦麦提敏

● 在"石榴籽一家亲、粤新同行新时代"2022年穗疏青少年夏令营活动中,穗疏两地的孩子们携手种下"同心林"(受访者供图)

家,晚饭后,同事们离开了,姜维被盛情挽留了下来。"他们特别淳朴,我诊治他们的家人,他们就对我特别信任。"

2011年7月,姜维到喀什地区调研时,发现当地县城小学的教学质量不错,于是建议排尔哈提·麦麦提敏的家人将孩子送到疏附县县城的明德小学读书。

就这样,小男孩搬进了姜维的宿舍,入读明德小学四年级。

"他那时还会尿床,2011年冬天,一个晚上尿了两次,没被子换了,他就跑来趴在我身上睡,结果又尿了我一身。"第二天,两人将所有被子拿出去晒,被邻居好好嘲笑了一番。

姜维像当初教育儿子姜文杰一样,半夜叫排尔哈提·麦麦提敏起床方便一次,排尔哈提·麦麦提敏慢慢养成了规律的生活习惯。

每天晚饭后,姜维辅导排尔哈提·麦麦提敏写作业,有时排尔哈提·麦麦提敏累了,不想写作业,姜维就骑自行车带着排尔哈提·麦麦提敏到田间地头玩耍。

姜维特别清晰地记得排尔哈提·麦麦提敏第一次叫他"爸爸"的情景。

冬天的一个早上，姜维起床后头很痛，就让室友叫排尔哈提·麦麦提敏起床上学，平时会赖一会床的排尔哈提·麦麦提敏立马起身，急匆匆跑到姜维的房间喊着："爸爸，爸爸，你快过来。"

大冬天的，排尔哈提·麦麦提敏打好了一盆冷水让"姜爸"洗脸，他想当地人的"土办法"或许会让姜爸爸快点好起来。

"姜爸"和"疆娃"组合让身边人充满好奇和不解。"很多人说我已经有儿子了，又养一个，多个孩子，负担得多重啊。"姜维说，"我不好烟酒，没啥要花钱的，闲暇只能看看书，不免想家寂寞。可同样身为医生的老婆忙得要命，儿子忙着高考，都没空理我。'养'个娃也挺好的。"

天下无不散的筵席。眼看援疆工作就要到期，姜维犯愁了，"是我把娃娃带了出来，不能因为我回广州，就扔下他不管了，这会伤他一辈子的"。

筵席有时情长随。姜维出钱托人在学校附近给排尔哈提·麦麦提敏的奶奶租了一间房子，方便照顾排尔哈提·麦麦提敏，还给排尔哈提·麦麦提敏买了一部手机，用于二人聊天。

回到广州后，姜维坚持每晚给排尔哈提·麦麦提敏打电话沟通感情。2013年到2017年，每个暑假姜维都会回到疏附县，援疆、带娃两手抓。

2018年9月，姜维申请了二次援疆。

2019年夏天，排尔哈提·麦麦提敏要参加高考。姜维负责的肺结核防治点也迎来攻坚时刻。

姜维在县城专门租了一间房子给排尔哈提·麦麦提敏补习功课。2019年6月，在"姜爸爸"的督促和陪伴下，排尔哈提·麦麦提敏考上了广州工程技术职业学院。

2019年9月15日是报到的日子。姜维拿出了自己的假期，专程护送排尔哈提·麦麦提敏来穗。这天上午，排尔哈提·麦麦提敏来到广州工程技术职业学院报到，就读模具设计与制造专业，并与两个"哥哥"——新疆哥哥阿恩萨尔·阿布拉什木、广州哥哥姜文杰团聚。

"过去这八年，既是奇迹，又是奇遇。"搂着三个"儿子"拍照，姜爸爸笑得合不拢嘴。

阿恩萨尔·阿布拉什木是姜维2012年7月带排尔哈提·麦麦提敏到新疆伊犁

游玩时认识的，当时阿恩萨尔·阿布拉什木21岁，在沈阳读内地新疆高中班。虽然读书晚，但他非常勤奋上进，姜维决定资助他读大学。

"我想在广州生根发芽，有一番作为报答姜爸爸。"从广东工业大学毕业后，阿恩萨尔·阿布拉什木在佛山顺德一家4S店工作，如今回到新疆从事宣传工作，他希望能将他们和姜爸爸之间的故事写成书，留下珍贵的回忆。

排尔哈提·麦麦提敏毕业后留在广州，在姜维的介绍下找到了工作。"这样他可以积累更多社会经验，希望等他有更大能力了，再回新疆，给家乡也带去变化。"姜维说。

近年来，广东援疆通过打造"粤菜师傅进疏附"、"广东技工来支教"、"我在广州有个家"、"4·28感恩节"、"百人万户"结对认亲行动、百校手拉手、龙狮少年民族团结文化节等9个民族团结交流交往交融精品项目，让中华民族共同体意识在新疆大地深深扎根。疏附县也先后获评"喀什地区民族团结进步示范县""自治区民族团结进步示范县"。

"新疆很美，东西便宜，我和爱人、朋友都约好了，退休之后还要组团过去帮忙，帮助当地提高医疗水平。"姜维说，他的爱人参加过援藏工作，也去过新疆，深感这些地方的硬件条件有很多不足，对他援疆非常理解和支持，希望一起过去把当地建设好。

最动听的"谢谢"

新疆人和广东人，越来越多的家庭结对子，在致富奔小康的道路上更是心连心、齐上阵，日子越过越红火。

伽师县致富带头人沙娜瓦尔，在发展大棚育苗种植的过程中，一直在寻找合适的大棚扩大生产。得知相关情况后，援疆干部李国华和驻乡干部及时了解大棚情况，陪同沙娜瓦尔实地查看合适的大棚，并协调县有关部门解决沙娜瓦尔的困难，让大棚种植逐步走上正常发展轨道。

致富带头人阿卜拉·伊敏，在村中投资兴办棉籽油初加工生产线，2020年4月在村里注册成立香呱呱农副产品农民专业合作社，他一直有扩大生产规模的想法，但困于资金困难和缺乏经营管理经验。李国华和驻乡干部一起出谋划策，加快落实致富带头人政策，推动援疆资金到位，帮助解决资金周转问题，还帮助增购两台榨油机和一套精炼机,新榨油设备生产出来的产品可达到直接食用清油的标准,阿卜拉·伊敏的员工从之前的9名增加到18名,带动更多木村村民就业和增收致富。

收入高了,生活好了,生活文化的隔阂也在逐渐消融。佛山医疗援疆专家、佛山市第二人民医院耳鼻咽喉科医生霍雅婷对此深有感触。

一次,一个6岁的维吾尔族小男孩因为急性中耳炎怀疑合并颅内感染送医,病情危急,需要马上通过CT增强检查明确颅内病灶。但这意味着,不仅要给患者静脉注射造影剂,还要患者平躺在检查仪内十多分钟保持不动,患儿由于恐惧不愿意配合检查。家属联系上霍雅婷,她向患儿耐心解释、给糖果作奖励,并让医护人员亲自带患儿进行检查,最终顺利完成了项目,得到患儿家人的认可。

还有一次,一位维吾尔族男患者因为头面部蜂窝组织炎合并鼻部脓肿住院。霍雅婷决定为患者进行脓肿切开排脓治疗,患者却因为不信任和疼痛而抗拒治疗。霍雅婷耐心地与他沟通,并进行了有效的治疗,3天以后,当肿胀的皮肤逐渐消肿,伤口逐渐愈合,维吾尔族患者真诚地用汉语向霍雅婷道出一声"谢谢",那声音是多么美妙动听!

在新疆,这样的人和故事真是说也说不完。一起收获财富、快乐和健康,让相隔万里的人们,心与心融在一起。

"前天,我和丈夫赛买江·阿布都外力刚逛了东莞的花街,感受到了浓浓的春节气氛,这也是我们第一次一起在东莞过春节,感到特别开心!"帕提古丽·卡迪尔满脸幸福地说。

2022年1月28日上午,广东援疆民族团结一家亲联谊会在东莞市厚街镇举行。援疆干部们与38名在莞少数民族员工欢聚一堂,共贺新春。他们一起逛花市、贴春联、包饺子、开迎春茶话会,过上一个具有浓浓年味的新春佳节,感受到家的温暖。

在莞工厂优秀员工代表、全国劳模帕夏古丽·克热木已经来莞工作16个年头了。从新疆来到东莞务工,再到先后带动1306人前来广东务工,帕夏古丽·克热木用行动践行了"先富带后富",累计帮助贫困群众创收112万元,279户建档立卡贫困户持续增收,实现脱贫,越来越多的家乡人在她的带动和协助下实现脱贫。

"少数民族员工在东莞工作非常开心,他们很多都是厂里的业务骨干,在东莞工作学到了技能,学会了国家通用语言,他们的孩子也在东莞受教育,生活越来越好。我们希望通过他们,带动更多的民族同胞通过自己的奋斗,摆脱贫困,实现共同富裕。"广东省前指副总指挥曲洪淇说。

援疆一线党旗飘

2022年"七一"当天,第三师图木舒克市唐王城千年屯垦文化体验中心爱国主义教育基地的广场上,天高云淡,党旗招展,100名参加活动的优秀少数民族共产党员、优秀党务工作者、先进基层党组织代表和有突出表现的各类援疆干部、技术人才集体重温入党誓词,铿锵的誓言在新疆大地久久回荡。

这是广东第九批援疆工作队第三年在"七一"举办红色主题教育活动。"我的成长、家乡的变化离不开党的关心和支持,只要选择正确的道路,坚定不移跟党走,每个人都能实现自己的人生价值。"参加仪式的优秀党务工作者代表哈妮克孜说。

2020年起,广东省前指在受援地实施"百工程",即在每个受援县培养一百名以上少数民族共产党员。

三年多来,红色的旗帜在新疆各地飘扬得更高、更远。在各方共同努力下,"百工程"覆盖援疆企业19家,1个党总支、19个党支部的党建矩阵逐渐成形。

在新疆,越来越多的年轻人上党课、学党史、递交入党申请书,收入越来越高,眼界也越来越广,主动将个人发展与党和人民的事业联系在一起。

在新疆,企业里不仅有党支部、第一书记,还有党校——南疆地区首个企业党校就在位于伽师的兴业孵化基地诞生。

在新疆,援疆干部们自觉当好"红色宣讲员"和少数民族群众的入党介绍人,与受援地群众融为一体,一批批少数民族先进分子主动积极向党靠拢。

最懂甜菜制糖的第一书记

"现在效益不好,利润不大,用工也上不去,这样下去不是长久之计……"喀什广新纺织股份有限公司（简称"广新纺织"）负责人一边叹气一边对佛山援疆工作队驻企业第一书记黄昌建说。

2021年1月初，黄昌建第一天到企业了解情况时，广新纺织正处在艰难时刻：棉纺织行业受复杂严峻国际环境和国内疫情冲击的影响，企业生产经营压力倍增，企业及其生产线仍能正常运作，但企业负责人对发展信心不足。

早些年，在伽师，广新纺织可谓是一家顶呱呱的明星企业：作为广东省援疆第一批产业工程，广新纺织于2011年进驻南疆喀什伽师县建立厂房基地，以20万锭棉纱项目为起点，拥有自己的大型轧花厂和棉花培育基地，被称为一个援疆的"典范之作"。

然而，也正因为建厂时间较早，在激烈的市场竞争中，广新纺织如今面临工艺老化、效益不佳的问题，近年来企业经营出现亏损，以至于企业负责人心生气馁，甚至萌生去意。

"当时企业的顾虑很多，当地产业链发展未完善，因地缘关系，原材料、交通运输成本较高，疫情冲击，人员流动快，员工素质有待提高，多方面因素影响企业经营生产。"黄昌建说，

对企业来说，这关系到至少几百人的就业、几百个家庭的收入稳定。对援疆事业来说，这也关系到大家对广东援疆的信心。

"都说说，有什么困难，列出单子，凡是能做到的，我全力帮企业争取。"黄昌建走进企业，积极与企业沟通，深入生产一线了解企业生产经营过程中遇到的困难及发展顾虑。让企业意想不到的是，他说到做到，从税收优惠到用水用电，以及相应资金补贴，只要是符合规定的，黄昌建都一一和县里对接落实，从广新纺织到县政府的道路成为他每周必去的"打卡点"。双方还多次讨论，提出规范员工培训、加强员工操作技能辅导和提升、调整生产补贴、结合新形势调整经营策略、调整产能等措施，稳定企业发展信心。

功夫不负有心人，有些原本需要几个月才能申请到的帮扶政策，很快就落实到企业。

企业感到政府支持的诚意，发展的信心更坚定，生产经营也再次走向正轨。

在伽师，在新疆，选派援疆干部到企业党组织任职已成为常态，党建工作规范开展，党建与企业发展、新疆经济建设以及当地百姓脱贫致富，紧紧地联系在了一起。

"甜菜进了厂,清洗干净后先切丝,然后提取含糖汁液,再然后是过滤掉各种杂质,经过沸腾浓缩蒸发结晶……"在奥都糖业担任驻企业第一书记的李启新,进车间看设备,很快就对甜菜制糖的流程如数家珍。

李启新还记得,2020年刚进疆就去了这家企业,印象深刻:甜菜制糖很适合当地,企业经营模式好,还能带动群众就业增收。大约一年后,被安排到企业担任第一书记时,他欣然赴任。

得知企业负责人有延伸产业链的想法,李启新立刻忙活开来:一起围绕企业需求商量产业链布局,和援疆工作中的招商引资结合起来。机修厂、滴灌带厂、有机肥厂……从单体工厂逐渐延伸到全产业链,企业规模不断扩大,效益也稳步提升。

"奥都的日常经营,都是企业自主开展的,作为第一书记,我主要是在企业跟地方政府、援疆工作队之间做好桥梁,及时沟通,做好政策宣传和服务。"李启新谦虚地说。

与广新纺织、奥都糖业不同,还有一家"企业"党支部不仅在帮扶企业方面发挥作用,自身还得到了"升格"。这是怎么回事?

这家"企业"的名字叫作伽师兴业中小企业孵化基地(简称"孵化基地"),说是企业,不如说是一个平台。用来自佛山的援疆干部吴龙飞的话说:"作为平台运营企业,我们更类似于企业的房东,服务于广大援疆企业。"

2020年初,佛山援疆工作队在调研中发现,该基地所辖党员数量较多,且党员来自基地内多家企业,各企业基本具备独自成立党组织的条件。经指导推动,当年5月,按照"党员群众在哪里,党的组织和党建工作就覆盖到哪里"的要求,原兴业中小企业孵化基地党支部升格为党总支。

党组织"升格"的背后,是党建资源投入力量的加大。

"孵化基地有现成的大礼堂、活动室,不管是组织文体活动还是学习活动,都有场所。我们建起了大课堂,还开展服务职工的职能培训。"在孵化基地担任党总支书记的吴龙飞说,党总支在基地开展党性教育和民族团结教育,打造"红色之旅"、"一年一主题"宣讲等党建活动品牌,还依托党员服务驿站平台,常态化开展"我为群众办实事",党建事业红红火火。

在党总支的带动下,2020年内,孵化基地内硕美音电子、兴达服饰、益诚电子、孵化基地公司办公室、德仕高文创、三艾服饰、泰靓发制发、世基卓业制衣、厘米电子、旺达电子等10个具备条件的企业或部门先后成立党支部，其中包括4家2020年度新入驻孵化基地的企业。

担任兴业中小企业孵化基地党总支第一书记的广东援疆干部陆梅，利用自己作为喀什地委组织部副部长的"职务之便"，充分调动各方力量，支持孵化基地的党建工作，不仅每月到党总支以及各党支部开展深调研，还定期开展谈心谈话并组织各类专题培训。

"当时实地走访了孵化基地内的企业，感觉整个氛围都很热烈，各企业在做好日常营运的同时也有自行策划组织的活动。"陆梅说。

将党建活动与孵化基地建设结合起来，是陆梅的一项重要工作。由于当地产业基础较为薄弱，孵化基地用工存在数量不足、素质参差、不稳定等问题，陆梅就协调提供用工的乡镇与企业合理分析、预测用工需求，以确保用工数量充足和用工稳定，同时鼓励企业开展规范的岗前培训、操作培训，提高用工质量，探索园区企业间的灵活用工模式。

截至2022年底，孵化基地已累计孵化90多家企业、乡村卫星工厂，为促进受援地工业经济发展、巩固脱贫攻坚、带动就业增收作出了突出贡献。

党建与基地发展相辅相成，让兴业中小企业孵化基地党总支成为广东援疆与受援地合力打造的非公党建样板，其在党性教育和民族团结教育等领域的示范效应也日益凸显。

"一个党员一面旗帜，一个支部一个堡垒。党的理想信念、方针政策，最能激励人、最能团结人、最能凝聚人。伽师县非公企业迅速发展，用工人数不断扩大，在企业开展党建工作，发展党员队伍，可以解决企业实际困难，促进企业高质量发展。"吴龙飞说。一年多来，吴龙飞致力推动广东援疆"百工程"在伽师县援疆企业全覆盖，推动兴业孵化基地党支部升格为党总支，有14家援疆企业新成立了党支部。

2021年7月，兴业孵化基地党总支更是捧回省级荣誉，获评为"新疆维吾尔自治区先进基层党组织"。

好事也能传千里，从那之后，自治区党委组织部、和田地委组织部、墨玉县委组织部、喀什地委组织部、莎车县委组织部、疏勒县委组织部、疏附县委组织部等多次到基地考察调研"取经"，将党建工作的经验传播到南疆大地。

企业党校诞生记

2017年,前往伽师的汽车上,哈尼克孜·大吾提望向窗外棉花地,景色亲切而熟悉。这是她大学毕业后,第一次回到家乡,有些许激动也有些许紧张:在家乡有合适的岗位让自己施展所学吗?

孵化基地正提供了这样的机会。哈尼克孜·大吾提很快成为喀什伽师兴业中小企业孵化基地有限公司的一位白领。在这里,像哈尼克孜一样在家门口实现就业的有约4000人,他们在孵化基地找到了称心如意的工作,逐步实现着人生价值。

孵化基地刚成立时,一些员工认为"自己没文化学不了技术,学了技术也赚不到大钱",工作积极性不高。

扶贫要先扶精气神,要从抓党建入手。在援疆干部们齐心协力的支持下,一个360平方米的党群活动中心在兴业中小企业孵化基地里建了起来,工厂的员工们转变了思想观念,改进了工作作风,工作劲头越来越足。

哈尼克孜也经过努力走上管理岗位,成为孵化基地党员(远程)教育站点管理员,这是伽师县唯一一家在非公企业设置的学习站点。不仅如此,她还成为兴业中小企业孵化基地党总支培养的第一名少数民族党员,2020年获伽师兴业中小企业孵化基地"优秀共产党员"称号。

越来越多的当地群众,在这里提升劳动技能,并加入中国共产党的光荣队伍。

教育站点开设了"党课进园区"积极分子培训班。2020年的一天,陆梅正在为孵化基地的企业职工们上党课,当时还是团员的塔吉古丽·艾尔肯听说后,赶到现场旁听。她不仅上课时聚精会神,还用手机把课件全都拍下来,生怕遗漏任何一个知识点,下课后一个人默默地坐在角落,把知识点抄写在本子上。一位援疆干部看到后深受感动,拍下塔吉古丽记笔记的场景,发给了陆梅。

之后,陆梅只要来到学习站点,都会了解塔吉古丽的近况。

这种钻研的劲头很快显出"威力":一年多后,塔吉古丽不仅从一名企业实习生成长为管理30多人的主管,还成为入党积极分子。"孵化基地很适合发展党员,开展活动,因为这边党员数量多、企业多、员工人数多,影响也比较

● 广东援疆干部讲党课（受访者供图）

大。"吴龙飞说。

2021年4月，经过紧张筹备，吴龙飞和同事们一起推动兴业中小企业孵化基地党总支成立南疆首个企业党校，配套党员远程教育站点，将党员学习教育基地建在工业园区，制定年度教育培训计划和相关考勤管理制度，还精心设计课程，从政治理论、党建实务、业务技术等方面开展培训，把组织要求和学员需求充分结合。

截至2022年下半年，企业党校通过集中学习培训、党课宣讲、实地参观学习等形式，举办各类培训20期，吸引144家企业参与，累计培训超2000人次。在孵化基地的少数民族员工中，提交入党申请书的累计300人，入党积极分子71人，发展对象11人，预备党员73人，正式党员53人，党员队伍进一步壮大。

为激活平台党建"红色引擎"，广东援疆还以兴业中小企业孵化基地党总支为依托，特别设立了党建工作室，了解和收集各企业和党员的发展需求，统筹整合各类资源，面向基层提供内容多样的党建服务，更好发挥示范带动作用。

党建工作对企业发展的助推作用也在不断显现。如今，孵化基地建立起25

● 2021年4月,伽师兴业中小企业孵化基地企业党校成立(受访者供图)

个"党员示范岗"、37个"优秀团员示范岗"、8个"先进班组",38名党员"一对一"结对帮带企业优秀员工,手把手帮带,面对面示范,推动先进理念及时传播、生产技术有效提升、经济效益持续增加,形成少数带动多数的"倍加效应"。

当地县委党校看中了这块"宝地",将孵化基地作为重要教学点,依托企业党校开设"企业服务与管理"等课程,把参加县委党校主体培训班的学员带到工厂车间、生产一线进行教学。

协助企业党校建设的哈尼克孜·大吾提,不仅是兴业中小企业孵化基地党总支培养的第一名少数民族党员,还成为基地党总支组织委员,2021年7月还当选为中国共产党伽师县第十二次代表大会代表。

"我想多了解党的历史,可以吗?"

看着家里破旧的房子,没有一个像样的电器,帕尔哈提·阿卜拉江心里难过极了。

2018年，帕尔哈提·阿卜拉江从新疆轻工学院毕业后，回到了自己的家乡疏附县，在找工作时，听说在一家叫疆果果的援疆企业工作不但能够赚钱，而且可以帮助南疆果农卖瓜果，颇有意义。

他决心到疆果果去。当年7月9日，这个尚带着大学生青涩气息的小伙子来到了疆果果，从事销售工作。第一个月，他拿到了2500元工资，当时觉得这真是一笔"巨款"。但因为缺乏工作经验，帕尔哈提·阿卜拉江连续几个月都没有业绩，看着同事们意气风发，自己只能拿着保底工资，想要改变家里贫困的处境却不知从何着手，他心里很不是滋味。

疆果果党支部了解到帕尔哈提的生活和工作困难后，对他进行了多次积极的思想引导，并且告诉他，中国共产党的事业之所以能够一步一步走向成功，就是因为有排除万难的信念和解决困难的决心。

帕尔哈提对党有了深深的崇敬和向往。他跟党支部书记刘志英说："我想

● 2022年"七一"前夕，兴业中小企业孵化基地党总支组织主题党日活动（受访者供图）

多了解共产党的发展历史,可以吗?"刘志芫笑着说,"当然可以啊!"从那以后,党支部开展党史学习时多了一个"旁听生",帕尔哈提每次都和党员一样认真听课,做记录。

生活有了奔头,最先体现在生活习惯上。

公司每天10时上班,他7时20分就准时起床,晨跑5公里到公司,一直坚持到了现在。跑步的时候,他总在想该怎么拿到客户的订单。他开始走出办公室去寻找客户,2个月的时间,他走遍了喀什市和周边县市几乎所有的企事业单位,向客户推荐产品。订单慢慢出现了,他的业绩一天比一天好。他觉得自己有了入党的"底气",2019年9月30日,国庆前夕,这个满脸自信的小伙向党组织递交了入党申请书。

有了强大信念,帕尔哈提的业绩越来越好,很快被任命为销售部销售经理,还得到机会参加政府组织的学习培训。他也不负众望,用一个月就带领团队完成了50万的业绩。看到通过自己的努力,一车一车当地果农的瓜果被卖到了一线城市,帕尔哈提也倍感自豪。2020年,他更是带领团队完成了1200万元的销售额,个人年收入超过30万元。他不但翻修了自己家的房子,而且在公司找到了自己心仪的人生伴侣。

这样的案例,在新疆还有很多,很多。

排丽旦·吐地2007年从中国农业大学毕业后,为照顾家人而回到家乡,帮助家人经营小餐馆,还自主创业成立服装设计工作室,先后带动200多位村民增收。2021年初,排丽旦·吐地顺利成为"百工程"发展的少数民族党员。之后,在上级党组织的指导和支持下,喀什祖美尔服装有限公司党支部成立,她被任命为支部书记。

和帕尔哈提一样,茹克耶木·热合曼在大学毕业后回到自己的家乡疏附县,应聘到疆果果工作。广州援疆工作队推进"百工程"后,她立刻向党组织递交了入党申请书,并在2020年7月参加了入党积极分子培训班。她还毛遂自荐当了园区的普通话老师,成了家乡的义务"红色教育宣传员",从家乡变化说起,给亲友乡邻讲共产党的故事,颇受欢迎。

伽师工业园区兴业中小企业孵化基地有限公司工程部员工阿塔吾拉·艾则则原本是一个习惯迟到、经常请假的问题员工,看到身边的共产党员爱岗敬业,耳濡目染,潜移默化,变得遵守工厂纪律,还经常抢着干脏活累活,渐渐成为企业的优秀员工,并很快成为一名预备党员。

　　同样在孵化基地,32岁的兴达服饰员工阿布拉·热合曼,加入党组织后通过"一对一"结对子方式带领其他群众职工学习技术技能,以前经常加班才可以完成工作的生产任务小组,在其辅导和影响下每天都能超额完成任务,他自己也被广东省前指驻伽师县工作队评为技术标兵。

　　春风化雨润心田。以党建为"心",用红色文化铸"魂"。广东援疆通过在受援地工业园区创办企业党校、举办入党积极分子培训班等方式,传播红色文化,打造了培养少数民族入党积极分子的"摇篮"和锤炼基层党员干部党性的"熔炉",让越来越多的新疆人特别是年轻人成为中国共产党的一分子,不断谱写出更加壮丽的新疆发展故事。